katō norihiro

加藤典洋

人類が永遠に
続くのではないとしたら

Kodansha Bungei bunko

目次

それを故郷とすること。To make it home.

——ロバート・アダムス

——加藤良との思い出に

人類が永遠に続くのではないとしたら

序　モンスターと穴ぼこ

はじめに

三・一一の原発事故は、私の中の何かを変えた。私はその変化に言葉を与えたいと思っている。たとえば、こんな話はどうだろう。三・一一の東日本大地震・大津波、原発事故、それに続く政府や経産省、東電等の対応を見ていて思い出した、昔読んだ短編小説に出てくる、次のような話である。

ある村に見知らぬ一家が越してくる。村はずれの家を手に入れ、住みはじめる。家族は誰ともつきあわない。村人が怪しみながら観察していると、ほどなく母屋が建て増しされる。一家の人間がごそごそと作業をしては中に戻る。

しばらくして、また家屋の増築（？）がはじまる。村人は何だろうと囁きかわす。やがてさほど時をおかずに、三回目の建て増し。いまでは引っ越してきた家は当初の倍ほどの大きさ。どうも建て増しの間隔がだんだん短くなっているようでもある。

村人がこれはおかしい、と思いはじめたそんなある日のこと。バリバリと天を揺るがす轟音がして、中からモンスターが現れ出てくる。家族はとんでもない怪物を飼っていた。日々大きくなってくるのに、露見を避けようと、増改築を繰り返していたのだ——。

一度、新聞にこの話のことを書いた際に、記憶をたどって出典を探したが見つからなかった。のちに週刊誌で質問をさせてもらい、幾人かの人にハワード・P・ラヴクラフトの作品「ダンウィッチの怪」ではないかと教えてもらったが、読んでみると、どうも違う。いまも出典は明らかでないのだが、原発事故に関わる新しい事実が露見し、報道されるたび、ああ、あれだ、と何度も思い出した。

東電の説明のとき。

政府の説明のとき。

新聞、テレビが必ずしも必要な事実を正確にすべて報道するのではないのだとまたしても、思い知らされたとき。

そして、このような連鎖の果てに、自分の怒りのなかにも、ある空洞があるらしいと気づかされたとき。

このたびの原発事故にはこれまでにない新しい性格があるというのが、この事故が起こり、事態の推移を見ているうちに私にやってきた直観だ。すぐにやってきたのは、自分が過去のことは気にかけていたが、未来のことは余り考えていなかったという反省である。それまで私の主要な関心は、戦後の日本が価値観の異なる過去とのつながりをいまなお作りきれていないことに向かっていた。作りきれないまま、社会政治的な構造としてもう戦後の枠に収まりきれない問題に立ちむかわなければならないところに、課題を見ていた。端的に言えば、いまの自分とは異なる価値観のもとに死んでいったこの国の第二次世界大戦の死者たち、他国の侵略先で、戦場で、国内の空襲などで死んだ人々との関係を、どう考えるかという問題である。しかし原発事故は、「未来からの不意打ち」のように私にやってきて、自分が未来とのつながり、今後生まれてくるだろう人びととの関係のほうについては、ほとんど考えてこなかったことに光をあてた。

私はそのことについて書いた。そこには原子力エネルギー、放射能という新しい要素があったからだ（『3・11死に神に突き飛ばされる』）。

しかしそれから、だんだん、事態の推移を眺めているうち、そのむこうにもう少し別の問題が見えてきた。私はこう考えるようになった。

なぜ私は未来のことをそれほど考えないですんでいたのだろう。

それは誰かが未来のことは考えてくれていると頭の隅で感じていたからだろうか。

だとすれば、誰がそのことを引き受けてくれていたのか。

その誰かは、どこにいるのか。

こうして、たしかに少し前まではははっきりとそういう引き受け手がいたのだが、あるときからその引き受け手が退場したこと、そしてその後、もう一人の引き受け手がかろうじてその未来を支えてきていたのだが、それもこのたびの原発事故を機に、姿を消し、そのため、私の未来にぽっかりとした空白が生まれているのだということが、私にはわかった。

ここでは、なぜ、どのようにその未来の空白が私に見えてくるようになったのかという話をしたい。たとえば柄谷行人は、後に引くように、一九八九年にベルリンの壁が壊され、共産主義思想を担っていた体制が事実としてなくなったとき、自分が「逆説的に彼らに依存していたこと」に気づいた、「何か積極的なことをいわなければならない」と感じるようになったと、書いている。自分が新しいことをはじめたのは「そのときから」だ、とも述べている（『トランスクリティーク』序文）。そこで未来の空白をもたらしているのは共産主義の崩壊だ。それまでは「未来の理念」を軽蔑していた。けれども実際に共産主義が崩壊したら自分がそれに寄りかかっていたことがわかった、これから先は自分で未来を構想しなくてはならないと思った、という。

いま、私に見えているのも、一つの信憑の崩壊である。私の中で気づかれずにあった堅固な信憑が、ひっそりと死んだ。私は、その死について語りたい。そしてそこに生まれた未来の空白をどのように埋めるべきか、私なりの未来の考え方について、考えてみたい。また話したいと思う。

私は一昨年の原発事故以来、なぜ国や経産省や東電がしっかりと責任を取らないのかと、当初しばしば、強い不満と怒りを感じたものだ。しかしそこにはこれまでと違う、ある落ちつかなさがあった。日が経つにつれ、その「落ちつかなさ」が自分の中で徐々に大きくなってくる。そしてある日、ひそかな心の屋根を破って出てきたソレを見て、わかったのは、「落ちつかなさ」は、事故にまつわる「責任」がそもそも「しっかりと取り切れる」ものではないこと、それを私がうすうす感じていたことから、きていたのである。

いったい、今回の原発災害でどれだけの物的人的な、有形無形な社会的経済的損失を日本社会は蒙ったのか。それを補塡するのに、どれくらいの時間と費用が必要となるのか。私はある日、思いたってインターネットでその全貌を調べようと試みた。その結果わかったことは、このことについてのしっかりした工程表、作業一覧と優先順位、損失補塡、損害賠償手続きのための作業、費用、必要時間等の一覧表は、全容を概算付きで提示するものとしてはどこにも見あたらないということだった。東電第三者委員会は四兆五〇〇〇億円という試算を出している。しかしこれは二〇一三年三月末までの分にすぎない。少なくともこうした試算の延長に、今回の事故の被害の「全貌」、「全容」を捉える試みが政府部内のどこかで行われているはずだが――というか行われているべきだが――、それは、情報としては、どこからも出てこない。メディアも、そこに大きな情報の「穴」があいていることにさして注意を払っていないらしく、国にそういう情報の開示を求める動きは、見あたらない。メディア自身が内部でそういう作業部会を立ち上げているという話も聞こえてこない。

結局、インターネットの情報世界を行き交っている出所不明の流言等からかろうじてわかったことは、損害賠償、廃炉までの工程費用、時間、除染作業など総額概算で、二〇年、二〇〇兆円という数字が、世に小さく囁かれているというくらいであった。

二〇年で二〇〇兆円。これは、どれくらいの時間あたりの金額だろう。たまたま好個の手がかりがすぐ近くにある。消費税の増税分が五パーセントとなり、現行の五パーセントから一〇パーセントに上がった場合、これはかなり乱暴な概算でだが、一年で、約一〇兆円の増収となるという。二〇年間、国民全体がこの五パーセントの増税分を支払い続ける。それで積み上がる金額がちょうど二〇年で二〇〇兆円、そこでの流言にいう、原発災害の社会損失額とほぼ同額なのだ。

むろん、現行の消費税の増額分を原発災害の手当に使うわけにはいかない。しかし、見えないけれども、それとほぼ同額の補塡を要する大きな「穴ぼこ」が、突然、日本社会のただ中に、三・一一の複合災害を機に、生まれていると、そう考えてみる手がかりとしては使える。その「穴ぼこ」のいわば火口のフチに、私たちが立っている。そう考えれば、それがどれくらいの大きさ、深さで、その「穴ぼこ」と私たちの関係がどのようなものであるかが、少しはわかる。

放射能汚染拡散による各種の被害までを考慮に入れれば、さらにこの数字ははねあがる。たとえ除染をしたとしても放射性物質すべてを除去することはできず、その影響は人体損傷を含んで将来に長く残る。福島県内外、海洋汚染までを含んだ全体の物的人的な被害の損害賠償の規模は国、あるいは一経営体としての東電の賠償能力を時間的、空間的に、遥かに超えるだろう。

そもそも今後、完全な「除染」に数百年かかるだろう作業を、それまで存続しているかどうかわからない国と企業がどうやって完遂するというのか――。

しかし、私は、そのことを知らなかっただろうか。

じつを言えば、うすうすわかっていた。

損害賠償、さらに百年先まで、数代にわたり、どのような規模で進むかもわからない人的被害があり、それに一つの産業経営体と政府が、答えきれるわけがないことを。

それなのに、企業、省庁、政府の「無責任」ぶりを、たとえば一私企業の産業犯罪を弾劾するのと同じようにしか弾劾できず、また、そのように弾劾していた。

あの「落ちつかなさ」は、このことから来ていた。

すると、問題は、こうはならないか。

今後、この事故に関して、正当な再出発点を確保するためには、国と電力会社に責任をとらせなければならない。それは、とれる形、とれる限りでの責任をとってもらうということだが、しかし、両者が責任をとったからといってなお、問題は解決しない。というより、責任主体のとりうる限度を遥かにこえている。そのため、「責任がとりきれない」。ここに起こっているのは、じつは、そういう「新しい」事態なのである。

電力会社、政府が無責任（irresponsible）だということは、大きな問題だ。でも、ここに起こっているのが電力会社にも国にも責任をとれない規模のことだということのほうが、じつはもっと重大である。ここに新しく生まれている世界を無-責任（ir-responsibility）の世界と呼ぼう。そこでは過失と責任という一対一対応の関係の関節が、はずれている。

二つの二五年

よく知られているように、日本は一九一四年にはじまり一八年まで四年間続いた第一次世界大戦を地球の裏側のできごととして受けとめた、あるいはやりすごした。第一次世界大戦は欧州大戦とも言われるように、ヨーロッパを主戦場として戦われたのだが、戦車、毒ガス兵器などが投入された初の本格的な総力機動戦争で、大量死をひきおこした。戦傷の度合いも手足、顔面の喪失など、これまでにない深刻さを帯びた。戦闘が人びとの生活の場と地続きの場所で行われたため、激甚な衝撃が人びとを襲った。

私は一度、ヴェルダンの地獄と呼ばれた独仏軍の主戦場の一つとして名高い田園地帯を車で縦走したことがある。麦畑のなだらかなヴェルダンの丘陵地帯がどこまでも続くなか、所々に国旗がはためいているのが見えた。好奇心にかられ、側道に入り、訪れてみると、小綺麗に管理された明るい墓地があった。墓標が死者の死亡日ごとにならんでいる。ある日には一三人が死に、次の日には五人が死に、さらに翌日は七人が死ぬ、という具合に。大小の墓地が、行けども行けども次々に、丘陵の向こうから湧いて出てくる。広大な平原地帯の傍らにはむろん人びとの住む村落も点在する。さして遠くない。そういうところで、一九一六年、独仏両軍間で激戦が続き、両軍兵士の死傷者数が一〇ヶ月間で合計七〇万にのぼった。理由は、互いに塹壕を構築しての激烈な膠着戦となったこと、また火炎放射器、毒ガス兵器といった新兵器、大量殺戮兵器が大々的に使用されたことによる。戦車が戦闘機とともに本格的に登場したのもこの戦争でのことだ。この初の世界戦争では、非戦闘員（民間人）の死者数が一〇〇〇万人に及び、戦闘員（兵士）の死者数九〇〇万人を上回った。

ここから、人びとの心の壊れの表現としての表現主義、ダダイスム、シュルレアリスムなど新しい芸術の運動が生まれてきたことも、よく知られている。第一次世界大戦の敗戦後ほどない一九二三年に書かれ、二七年に発表されたハイデッガーの『存在と時間』は、人びとの中の「死」への不安に哲学的な光をあて、その難解さにもかかわらず、多くの戦間期の青年の心をとらえてベストセラーとなっている。戦時下の一九一七年にはレーニンのソヴィエトがロシア帝政を打倒し、世界初の共産主義国家も樹立された。

これらの文学、政治、思想の動向は、すべて、西洋渡来の「新しい動向」として、日本に伝えられた。ダダイスム、シュルレアリスム、コミュニズムの新奇さに人びとは色めき立ったのだが、一方、それを産みだした現実がそこからは見えないことのほうは、あまり気づかれなかった。日本の軍部もこの未曾有の戦争を視察させるため、地球の裏側に多くエリートの駐在士官を派遣している。しかし、帰還してきたこれらのエリート軍人の観察結果は、生かされない。その後、彼らの知見の反映が奇怪な精神主義へと変形させられていく過程は最近上梓された片山杜秀『未完のファシズム』に詳しい。

結局、この現実と、情報（新しい動向）＝モダニズムの落差を、日本は、一九三九年五月のノモンハン事件により、軍事的な敗北という形でようやく思い知らされる。第一次世界大戦の「現実」を膚で経験したソ連軍と、海の向こうのできごととしてしか接してこなかった日本軍。最近の調査で、機動力の差はさほどではなかったともいわれているものの、結果は動かしようもなく日本軍の大敗であった。何より戦争遂行の思想ともいうべきものが違っている。ソ連は一九三九年、ノモンハン事件を本格的な戦いとみなし、これに本腰を入れて対処する。不可侵条約締結に向けての努力は、対独、対英仏二本立てという慎重さだった。勝敗を決したソ連軍の渾身の八月二〇日の攻勢は、この働きかけ、そして条約の締結と無関係ではない。締結は八月二三日でソ連は時を同じくして猛攻に転じる。そしてドイツも、このソ連から持ちかけられて成った独ソ不可侵条約締結で身軽になると、締結から九日後の九月一日、前年来のオーストリア、チェコスロヴァキア領有からさらに一歩を踏み出し、ポーランドへの電撃侵攻を行う。つまり独ソ両国のシベリアとヨーロッパでの踵を接しての侵攻は、同じ外交的背景から生まれているのである。

日本では突然の独ソ不可侵条約締結の報に五日後、平沼騏一郎内閣が「欧州の天地は複雑怪奇」という言葉を残して瓦解している。ノモンハンの敗戦は一般国民には秘され、作戦責任者も処分されずにうやむやに進む。この時点では自分たちが何をしたのか、日本ではほぼ誰にもわかっていないのだが、こうしてみれば、日本は第二次世界大戦の勃発に、四一年の太平洋戦線においてだけでなく、三九年の欧州戦線においても、深く関与している。

最近の研究は、そのことに光をあてているが（たとえばスチュアート・ゴールドマン『ノモンハン1939——第二次世界大戦の知られざる始点』二〇一三年）、この知見の落差に、第一次大戦を現実として「くぐった」か、地球の裏側のできごととして「やりすごした」かの、彼我の差があった。

ところで、第一次世界大戦（一九一四年）からノモンハン事件（一九三九年）までの時間差、つまり第二次世界大戦勃発までの時間差は、二五年間である。これは、見ての通り、チェルノブイリ（一九八六年）から福島第一（二〇一一年）までの時間差、二五年に等しい。

すぐに一つの疑いがよぎる。

チェルノブイリ原発事故においても、私たちは、同じ過ちを犯したのではなかっただろうか、と。

二〇一一年に福島第一の原発事故を機に瞬時にドイツが脱原発へと動いたのを見て、私たちの多くが、地球の裏側のドイツですら即時に脱原発を決めたのになぜ当事国である日本でこれほど反応が遅いのかと、嘆いた。けれども実は、ドイツは、もう二五年も前に地続きの近隣国での原発事故に遭い、いま私たちがぶつかっているのと相似た境遇に置かれていた。そのとき以来、原発をどうするか、考えてきているのである。

チェルノブイリの事故の頃、いまから考えれば、ごく少量の輸入食品中の放射性物質に、私たちは憂慮し、大騒ぎしていたものだ。ヨーロッパからのチーズなどの輸入食品に規制をかけ、その極度の神経過敏は原爆投下の経験からくるとも語られたりした。けれどもその頃、地球の裏側の周辺諸国は、現在私たちが体験しているのと同様の手ひどい混乱と不安のうちにあった。ドイツでは、反原発の動きが起こり、産業界が、これに大反対していた。この間の動きを見れば、その試行錯誤のさまがよくわかる。ドイツはようやく二〇〇二年、シュレーダー首相のときに原発の新設中止と現在稼働中の原発の二〇年後までの停止を決めるが、二〇一〇年、今度はメルケル首相が再び原発の稼働延長へと転じている。そして二〇一一年、福島第一の原発事故があって、とうとう脱原発の最終決定となる。これらはそれぞれ、チェルノブイリ事故から数えれば、一六年後、二四年後、二五年後と、だいぶ時間をへてのできごとなのだ。

いま、ベルリンからチェルノブイリに向かうと、高速を使えば一三四五キロ、約一六時間で着くとグーグル・マップでは案内される。これはおよそ福島から奄美大島までの距離だ。チェルノブイリ事故では福島第一事故の数倍の汚染規模があったと見られているが（チェルノブイリでは半径五〇キロのほぼ全域と北東方向に一五〇キロ〜二五〇キロの汚染、福島第一では半径一〇キロのほぼ全域と北西方向に五〇キロの汚染）、このことを考えるなら、一九八六年の事故当時、ドイツはほぼ汚染に隣接する位置環境にあったといってよいだろう。国民は放射能汚染におびえ、エネルギー政策をどうするかで国論が二分され、議論が白熱した。事故直後に刊行されたウルリヒ・ベックの『リスク社会』という本が先見の明を示したと読書界に迎えられ、ベストセラーになるのも、この年のことだ。そう考えれば、この二五年の落差は、そのまま私にもあてはまる。私はこの本のことを三・一一の原発事故が起こるまで、知らなかった。三・一一をへて、この本を読み、大きく刺激を受けたが、考えてみればそれは、四半世紀も前に書かれ、発表されたものだったのである。

いま日本が同じ道をたどるとすれば、どうなるか。政府が脱原発へと舵を切るのは、これから、一六年後、二〇二七年のことである。その後、曲折をへて、最終的に脱原発の最終決定にたどり着くだろう二五年後は、二〇三六年になる。ひるがえって私たちはいま、どこにいるのか。三年目だ。「まだ序の口」？　あまりに大きすぎる「穴ぼこ」が眼前にひろがっていると は、こういうことをいう。だとすれば、これを直視することが、私たちにとって勇気をもって取り組む、最初の仕事になるはずだ。

一つの世界が終わる

三・一一の後、日々はこんなふうに続いた。
普天間問題、菅《かん》降ろし、消費税、ＴＰＰ、オスプレイ配備、国境問題、日韓不和、日中対立激化、解散総選挙。次から次へと問題が百出し、それらはまたことごとく「待ったなし」の問題と呼ばれた。むろん、すべてが大きな問題であり、なかでも普天間基地問題は本来政権交代によって出てきた問題で、歴史的に見て、重大であった。

しかし、私には一方で醒めた疑いがあった。これら社会、経済、政治、外交の〝緊急課題〟も、三・一一以後は、あの大きすぎる「穴ぼこ」から自ら目をそらすため、私たちが無意識のうちに必要としているアジール（避難場所）にあたるのではあるまいか、と。フランス語で、このように大きな問題から目をそらそうと政府が次から次へと新しい問題をつくっていく仕方を前方逃亡（la fuite en avant）と呼ぶが、これは、ナオミ・クライン（『ショック・ドクトリン』）いうところの一種の政府主導の「ショック・ドクトリン」方式――大災害などの衝撃による社会の呆然自失に乗じて大事な決定をどんどん行っていく――、そうでなければメディアをはじめ、私たち社会も共謀しての「前方逃亡」なのではないだろうか、と。

まず原発事故後、時の首相が浜岡原発停止を発表すると、菅降ろしが異様な高まりを見せた。次に普天間問題が、グアム移転とパッケージになっているとして米国議会の審議切れを理由に「待ったなし」と強調され、侃々諤々の論議となった。そして一二月、米国議会が今期のグアム移転費削除を決定し、これが嘘のように静まると、今度は消費税増税問題が提起された。

こうして、以後、右に述べた重大懸案が次から次へと私たちに襲いかかる。しかしいまの目からふり返れば、そのいずれもがどうしても当時、「待ったなし」で解決しなければならないという問題ではなかった。

さてそうしたなか、一つのさほど目立たない新聞記事が私の目にとまった。それは、こう述べていた。

【福島第一原発　1200億円保険打ち切り】

原発の損害賠償保険を引き受けるため、損害保険会社でつくっている「日本原子力保険プール」（日本プール）が、東京電力福島第一原発に対する損害保険の契約を更新しない方針を固めたことが分かった。東電は契約が切れる来年一月十五日までに、保険の引き受け手を見つけたり、保険額（千二百億円）相当の現金を供託したりしないと、福島第一が無保険の「違法状態」となる。

すべての原発は、事故が起きた場合に千二百億円を上限に賠償金が支払われるよう、保険加入などが原子力損害賠償法（原賠法）で義務づけられている。これを怠ると、原発は稼働できない。

地震や津波の場合は政府補償が適用されるが、問題になっているのは運転ミスによる事故などをカバーする民間保険の部分。

福島第一で加入している民間保険は来年一月十五日に契約が終わるが、日本プールは、炉心溶融などの重大な事故を起こした福島第一は、落ち着いてきたとはいえ、通常の原発とは比べものにならないリスク（危険性）があり、千二百億円もの保険は引き受けられないと判断。政府や東電にその旨を通知した。

原賠法は「損害賠償をする資力を確保していなければ原子炉の運転や廃炉作業をしてはならない」と規定しており、無保険の状態では、原子炉の冷却や使用済み燃料の取り出しなど事故収束作業にも重大な影響が出ることは必至だ。このため、原賠法を扱う文部科学省は、東電や日本プールとの間で、対応策の協議を始めた。

保険に代え、保証人（機関）を立てたり、保険額と同じ千二百億円を供託したりする方法もある。ただし、東電は賠償に追われ、全額を調達できる可能性は低い。このため、大幅に減額した民間保険と、東電が「原子力損害賠償支援機構」や主要取引行から融資を受けて供託するなど複数の手法を組み合わせる方向で検討が進められている。東電は「最終的に決まったわけではない。まだ交渉途中なので詳細にコメントできない」としている。

（『東京新聞』二〇一一年一一月二二日）

原発の事故を対象に、原子力保険というものが用意されている。日本でこの保険ができたのは一九六〇年のことである。原発をもつどの国でも民間保険市場の引き受けを結集するために原子力保険プールが組織され、さらに、海外のプールとの間で再保険を交換し、国際的にリスクの分散をはかるということが行われている。日本では現在、損保二三社が参加し、この原子力プールを結成しているが、その団体が、今回、東電の福島第一の事故を起こした原発との契約について、更新を見合わせる決定をしたというのである。

原子力損害賠償に関する法律には「原子力損害の賠償に関する法律」（原賠法）と「原子力

損害賠償補償契約に関する法律」（補償契約法）の二つがある。これによって、原子力事業者は事業所ごと、一般的な事故が起こった場合の損害賠償に備える民間保険に入ることを義務づけられている。これがないと事故収拾作業を含め、原子炉稼働が認められない。違法となる。

このうち、東電の福島第一原発の保険契約期限の期日が二〇一二年一月一五日に迫っていた。これに向け、前の年の一一月、保険会社側が、契約を更新しない決定を行ったのである。

そして二〇一二年一月。この事態を受け、こういう記事が現れている。

【東電、1200億供託へ…福島第一の無保険回避】

東京電力福島第一原子力発電所の保険契約問題で、東電は保険金額と同額となる1200億円を法務局に供託する方針を固めた。東電は海外保険大手と新たな損害保険契約を結ぶ方向で交渉していたが、条件面などで交渉が難航し、現在の保険が満期となる15日までに契約できるメドが立たなくなったためだ。

原子力損害賠償法（原賠法）は無保険状態での原発の運転や廃炉作業を禁じている。福島第一原発については、損保各社で作った「日本原子力保険プール」が保険を引き受けていたが損保各社が契約更新を拒否したため、東電は新たな保険の引受先を探していた。

（『読売新聞』二〇一二年一月一〇日オンライン版）

東電は事故収拾作業の続行のため、保険の上限額である一二〇〇億円全額を法務局に供託しなければならなくなった。

一二〇〇億円とは、保険額としてはどれくらいの額なのだろうか。私は保険の本を取り寄せて調べてみた。二〇〇三年度の日本の全電力会社がかけた原子力保険の保険料（元受正味保険料）が総額約一〇九億円とある。ということは、仮りに現在も同じとすれば、今回、福島第一原発という事業所一つのため、一電力会社、東電が日本の原子力保険全体の年間保険料の約一一倍を供託したことになる。

翌日の新聞では、やはりさほど大きくはない記事が、「電力会社が原発事故に備え、資金を供託するのは過去に例がない」と述べている（『朝日新聞』一月一一日）。しかし、これは結果だ。なぜ資金供託が起こっているかといえば、世界中の保険会社が、今回、事故を起こした原発の運転作業、収拾作業のもつ「リスク」に、引き受けられないという決定を行ったからにほかならない。保険が事故原発を見放した。そこが「過去に例がない」部分なのだ。

そういう未曾有の事態が、ここに起こっている。

いや、ほんとうにそうか。

巨大過酷事故を起こした福島第一は特別ケースではないのか。一般の原発には今後もしっかりと原子力保険がかけられるのだから、今回は例外と考えるべきで、これはそれほど騒ぐにあたらないのではないだろうか。と、私も一度は、そう考えてみた。どの新聞の扱いも、そんなにはおおきくなかったからだ。どんな保険の専門家も、リスク学の学者も、声をあげなかったからである。

しかし、そうではないだろう。保険とは、ほぼ絶対安全と社会的に認められ、稼働している原発が、万々が一、事故を起こした場合に機能する、この特別の場合に備えたセイフティネットなのだ。街路を移動中の保育園の児童のうち、ひとりがよろよろと列を離れ、車道に近づく。そういう子供をしっかりと、ピックアップし、もう一度列に戻す。事故を起こし、産業システムの枠組みから外れたものを、もう一度金銭と契約と信用の力でシステム内に回収する、それが考えてみれば、産業社会における保険の最重要な役割なのである。

事故を起こさない間は、契約を行うが、いったん事故が起こったら、リスクが大きくなったので、引き受けられないというのでは、保険の意味をなさない。「落ち着いてきたとはいえ」、それでもなお「通常の原発とは比べものにならないリスク（危険性）があり」、「保険は引き受けられない」と保険会社が判断するということが、通常であれば、ありえないことなのだ。自動車保険で、事故が起こらない間は保険を受けつけるが、いったん大事故を起こしてみたら、誰も保険を引き受けなくなった、というような事態を考えてみればよい。そんなことがとうていありえないものであることがわかるだろう。私の概算では、日本原子力プールは、後にみるように一基の保険掛け金が二億円だとしてこの事故で概算一一九二億円の保険金を東京電力に支払っている。その打撃は甚大だ。しかし、保険契約とはほんらい、そのようなものなのだから、ここは、普通であれば、契約更新に際し、保険会社が以降の保険料の値上げを通告してくる場面なのである。

これは、産業システムの存続にいまだかつてないタイプの危機が出現したということなのではないのか。

私はこの記事を見て、自分の中で検針器の針が大きく振れるのを感じた。そこで保険のことを勉強し、専門家にも話を伺ったが、そういう結論に達した。

保険とは何か、リスクとは何か、産業社会のシステムがどのように作られているのか、などということが私のなかに疑問として浮かびあがってきたのは、このときからである。原子力を含んで、一つ原子力よりももっと大きな問題がここに顔を見せているという感じをもつようになったのも、このときからのことだ。

私は、リスクということの意味を考え、また教えられた。一方、無限性の空間と有限性の空間を隔てるものが、私のばあい、何であるのかと、考えさせられた。

つまり、共産主義思想の杜絶の後、あるいは「大きな物語」の終焉の後、何がかろうじて私の中の未来をささえてきたのか。何が私にとっての未来の保証人、引き受け手だったのか、ということにも、思いあたった。

この目立たない報道のうちに、あれら次から次へと現れる「待ったなし」の〝緊急課題〟が視界をふさいで見えなくしている問題が、このとき、せわしなく増築される屋根の間隙をついて、一瞬、ヌッと顔を覗かせたと感じられたのだ。

無-責任の世界

保険の打ち切りとは、何だろうか。

ここでも話は、先に少しだけ見たあの「責任」と「責任をとれない」をめぐる問題に関係している。

先に私は福島第一の原発事故を機に現れた未知の事態を、とうてい「とることのできない」規模の「責任」が私たちの前に現れたと述べた。でもこれは考えてみれば奇妙なことだ。なぜなら「責任」とは英語で responsibility という。応答可能性ということだ。応答可能な関係の中で、応答が必要な場合、しっかりと応答する。これが、責任をとる（take responsibility）ことの意味なのだ。

地震、台風など、自分の関与していないことに私たちは責任がないから、責任というのは、私たちの関与から生じる。でも、私たちはなにごとかに関与するに際し――たとえば契約するに先立ち――、何かあった場合、これに責任がもてるかどうかを前もって検討し、ゴーサインを出す際の判断条件にするだろう。責任がとれないと予測されるものはこの契約の前段階で却下される。だから、この種の契約に基づく社会で、何か困ったことが起きてみたら、それが

「責任のとれない」ことだったというのは、普通なら、そんなにはありえないことなのだ。では、なぜそういうことが起こるのか。こう想像してみるしかない。あることへの関与が決められ、行われたが、決定の段階では、困ったことが起こるとは考えられていなかった。あるいは起こっても何とかなるだろうと考えられていた。でも、起こってみたらこの基本要件（＝責任をとることができる）を満たしていないことがわかった。

それがここに生じている事態なのだ。

何が起こったのか。何が予想外だったのか。

ここでは、「責任」と「責任をとること」という連関の間で、一対一対応の関節がはずれている。

責任をとる、果たすとは、人が何か過失を犯したとき、それに「見合う」代償＝負債を何らかの仕方で「弁済」することだ。そのとき、人は「代価を支払った」、つまり「責任をとった」と見なされる。「責任を果たす」とは、人々に、これをもって「責任を果たした」と見なされること、承認を受けることなのだ。

この応答と、応答の承認によって、カンフル注射を受けた心臓のように、過失によって一時弱った社会のシステムが再び賦活される。責任をとることが大事なのは、それがないと、やがては社会の紐帯がゆるみ、ほつれてしまうからである。

そうだとしたら、この関節のはずれは、システムの保全にとって容易ならぬ事態、危機的な事態だということになるだろう。

こうした責任の応答可能性の遂行の役割をもっともよく示す社会システムの例が、刑法に代表される犯罪と法の関係にほかならない。そこでは犯罪とは、社会のルールを破ること、法の機能とは、それを再び社会システムの内部に回収することである。

でも、それには前段階がある。

犯罪とはそもそも、ルールを破ることではない。それは、結果だ。ほとんどの場合、私たちはなにも社会のルールを犯すことが目的で犯罪を犯すのではない。腹が立って、相手を殴った。その結果としての行為が、社会のルールを違反したとして、暴行罪に問われ、立件され、起訴される。

そこでの要点は、なんらかの怒りにかられた軽率な行為であるものが、社会のルールの違反——犯罪——という一点でピンで止められ、「犯罪」に読み替えられ、計量され、「罰」に〝換算〟されることである。それは、いってみれば一個のフィクションの手続きなのだ。

犯罪はしばしば「どろどろした感情のもつれ」から生じる、というように語られる。それは「どろどろ」としている。社会のシステムの中からにじみ出る吐瀉物、排泄物、体液、汗。そうしたものを成分分析し、計量し、「罰」という通分可能な形に換算し、そのうえで、完済者をもう一度社会のシステムに送り返す。この回収とリサイクル再生作業が、法の機能にほかならない。

ところで、これを産業社会のシステム内に置き換えると、ほぼそのまま、保険の位置、保険の機能となる。

一般の産業事故を例に取ろう。産業事故は原則として偶発的なできごとを要因として起こる。それは犯罪と同様に「どろどろ」としている。それは産業システムの活動から出てくる吐瀉物、排泄物、体液、汗のように「不確定」であり、「不定形」だ。この「不確定」なものを、発生確率と被害の範囲・規模の二つを変数に予測し、「リスク」へと換算し、この数値化された「リスク」と支払い割合（保険料と保険支払金の割合）の一対一対応に置換したものが、保険なのである。

保険には他に生命保険、社会保険などの別カテゴリーもある。だから損害保険と断わろう。損害保険と刑法とは、ここで、ある意味同位である。しかし、こう考えてくるとわかるように、この二つには違う点もある。損害保険では、犯罪にあたる事故が、まだ起こっていない。そこで事故は、来るべきものの予測値、つまり「リスク」として算定されることで、「犯罪」と等価に置かれている。そのうえで、この「リスク」に対し、懲役刑の年数を算定するように、保険料・保険支払金の割合が算出される。こうして「リスク」と「保険料・保険支払金」とを「責任」と「弁済」の方程式に乗せることが可能になる。この作業をへて、これ自体を産業化したものが、産業資本制社会における損害保険の機能なのだ。

そこで「責任」と「弁済」の一対一対応の関節がはずれる事態が起これば、どうなるか。関節はなぜはずれるか。法外な打撃が、そこを一撃するからである。

法的な弁償可能の限度を超えると感じられる犯罪、保険によるカバー可能な範囲を超える「リスク」が出現すると、法の、ルールの関節は、どうなるか。ここでもそのことを、まず犯罪から見ていこう。

三・一一と同じ年、二〇一一年の五月に、やはりそのような意味では法外な応答が行われている。ビン・ラディン暗殺の形で示された米国の九・一一の同時多発テロに対する応報行為である。それが法外なものであったというのは、九・一一のアル・カイーダによる同時多発テロが特異な「犯罪」であったように、ビン・ラディン暗殺というそれへの「応報」も法執行としては特異だったからだ。いずれの場合も、飛行機が数機、他国の空を侵犯した。最初は米国の空、二度目はパキスタンの空、最初は、旅客機、二度目は、軍用特殊ヘリコプター。そこでの「犯罪」と「応報」の法外さのつりあいは、こう比較するとき、驚くばかりである。

ビン・ラディン暗殺は、あきらかに非合法である。アメリカの国内法にも、パキスタンの国内法にも、また国際法にも則っていない。ではなぜこのようなことがめざされたのだろうか。このことをもって、この事件を、アメリカが九・一一という「犯罪」に対し、法的な「弁済」を完全に放棄することでこれにつりあう「応報」（復讐）をめざした、アル・カイーダの犯罪行為に等位の国家（米国）による犯罪行為だったと見ることができる。他国の主権、法的な処分の追求、国際法の遵守が、先にテロリスト・グループによって侵犯、放棄されたように、今度は被害者だった米国により、公然と侵犯、放棄された。

なぜこういうことになるのか。

まず、米国政府は、かつてミロシェヴィッチ旧ユーゴ大統領に対して行ったような、国際法廷の場に連れ出すというあり方は、ビン・ラディンの場合、得策でないと判断したのだと考えられる。ミロシェヴィッチの場合、罪科の民族浄化は誰の目にも理不尽な不法行為であり「人類への罪」と映るが、ビン・ラディンの「大義」はそれとは違う。ビン・ラディンは法廷で、国際世界注視のもと、彼の「大義」を訴えるだろう。彼にむざむざとそういう機会を与え、殉教者にするのは得策でない、そう彼らが考えたということは十分にありうる。しかし別様の理解の仕方もある。非合法に暗殺することをめざすにしても、あのような方法でなくともよかったからだ。もし最も確実な殺害法をめざすなら、たとえば、ピンポイントのミサイル弾の爆撃がよかった。それなら、アフガンなどで多用していることだからだ。しかし、それができなかったのは、それなりの困難があったからである。あまりにもあからさまなパキスタンへの侵犯行為になるし、もし失敗したらそれこそ両国関係にとって取り返しのつかない破局をもたらす。それで、その困難を打開すべく、相手の居場所をつきとめ、相手が他国領内にいることがわかると今度は他国領空侵犯をあえて冒す襲撃計画を作り、襲撃要員を厳選し、幾度も幾度もシミュレートし、準備を重ねることになったのだが、すると、それは自分たちが受けたテロ行為に無限に似通うものとなっていった。

それはほんらい、逮捕し、裁判にかけ、罪を問い、「完済」させる手続きだったはずなのだが、その方法をとらず、別のやり方をめざすことにしたら、今度は別の仕方で応報の一対一対応が追求される結果となったのである。

こう考えてくると、二つの襲撃のあの気持ちの悪いほどの同型性が、私にこのように囁く。ここにも近代社会をフィクショナルに成立させている「法」の一対一対応の「弁済可能性

(responsibility)」のほころびが、顔を見せている。「責任」と「弁済」の一対一の対応に関節のはずれをもたらすのは、そこにやってくるできごとの法外性、弁済不可能（irresponsibility）なほどのできごと性なのではないだろうか。アメリカは、先の冷静な計算とは別に、アル・カイーダが自分たちに行った犯罪は「法」による処罰で対処する範囲をはみ出ている、それはとうてい法の遂行によっては「弁済」されえない——許されえない——と、無意識のうちに感じていた。そのことが、この応報と関節のはずれをもたらした力の根源なのではないだろうか。

私がこう思うのは、この二〇一一年の「復讐」行動が、先に彼らが見せた同様の行動を、反復していると見えるからだ。九・一一の同時多発テロは二〇〇一年当時、米国内で第二のパール・ハーバーとして広く喧伝された。そして一九四一年一二月七日の場合と同様に、法外な憤激と愛国的な高揚をアメリカ国内に引き起こした。ところでこの前例の場合も、応報は、「宣戦布告前攻撃」という脱法行為に、「原爆投下」という脱法行為をもってする、今回と同じ形でなされた。法外な行為に法外な行為で応酬するという点で、このたびの応報は原爆投下の応報と同型なのである。

法の領域に、弁償がつかない世界、「責任をとりきれない」世界、——無-責任の世界——が、顔を見せているのだが、そのように見ることが可能なら、その翌年、二〇一二年に産業と保険の領域で起こっていることも、これと同様の事態、応答不可能性（ir-responsibility）の世界の露頭だったのだといってよい。ビン・ラディン暗殺で「法」によっては弁済されない犯罪のあることが米国によって示された。それと同じく、福島第一の事故原発への契約打ち切りでも、「保険」によってはカバーされない産業事故のあることが世界の保険会社によって示されている。原発事故が、産業世界にとっては法外のできごとであったことが、ここに露頭している。

では、そもそも保険とは何なのか。

保険とは何か

ここはわかりやすいので、ウィキペディアから拾っておこう。保険とは何か。「偶然に発生する事故(保険事故)によって生じる財産上の損失に備えて、多数の者が金銭(保険料)を出し合い、その資金によって事故が発生した者に金銭(保険金)を給付する制度」である。

ローマ時代のコレギウム(同業者葬儀組合)、中世ヨーロッパのギルドなど、その前身には諸説ある。しかし、通説では、一四世紀、ルネサンス初期のイタリア諸都市における海上保険が最初。イタリア商人、特にミラノを中心とするロンバルディア地方の商人の移住に従い、地中海沿岸からポルトガル、北大西洋岸フランドル地方へと広がり、ロンドンにいたる。ついで、一七世紀末から一九世紀にかけ、ロンドンのロイズで花開く。これに並行して一七世紀後半のロンドン大火をきっかけに火災保険も生まれる。以後、いろいろな種類の保険が世界各地に広がっていく（木村栄一ほか『損害保険論』）。

日本でも、一七世紀前半以降、抛銀《なげがね》、海上請負などが行われている。明治に入ると、外から海上保険が入ってきてこれに取って代わる。保険として見れば、コレギウムとギルド、抛銀から、海上保険へ、というところに協力行為としての「離陸」があるだろう。離陸のポイントは、仲間の協同による損害対策（ゲマインシャフト）が、「仲間」から離れ、資本を媒介にした見知らぬ者同士の（産業としての）「契約」（ゲゼルシャフト）に代わるという点である。いずれ、産業社会の勃興とともに「未来」という時間が作り出され、将来への「不安」が算定可能な「リスク」となり、「投企」という未知なるものへのコミットが生まれてくると同時に、――投資と双子の形で――産業としての保険が生まれてくるのだ。

その原理は？　三つある。

一つは、大数の法則というものだ。サイコロを振ったときに1が出る確率は、振る回数を増やせば増やすほど1／6に近づいてくる。このように「一見偶然と思われる事象も大量観察すればそこに一定の法則が見られる」という原理で、law of large numbers という。大数とは「大きな数」ではなく、「何遍も繰り返す」という意味である。

別にいうと、サイコロで1が出る確率は、理論的には1／6だ、この「理論的確率」に、観察対象が膨大になればなるほど「経験的確率」が近づいていく、最後には一致するであろう、というこれは、〝法則（law）〟なのだ。この〝法則〟に万人の承認があれば、将来起こるだろう事象（たとえば産業事故）の予測可能性に共通了解・相互承認の基礎が生まれる。するとこれを数値に換算できる。不確定と見られている事象が、この相互承認によって産業社会にコンパチブル（両立可能）な存在となる。こうして、機械保険、火災保険、あるいは地震保険等々の事象ごとのリスクの確率、それによって生じる被害程度の平均等も割り出されてくる。

次は、収支相等の原則である。保険は、「損害を少数の人に重く負担させる代わりに多数の人に少しずつ分担させる」（一六〇一年エリザベス保険法前文）しくみとして生まれた。そのため、このしくみにおいては、保険会社が同一のリスクをもつ保険契約者の集団から集めた保険掛け金の総額と、保険会社がその集団の中で支払う保険支払金の総額は、等しくなければならないと定められる。リスク予測通りにすべてが起これば、そこで保険会社に利潤は残らない。保険会社の利潤はいわば、リスクのうちにひそむ偶有性（contingency　偶然性）から、リスクへの投機の見返りとして生まれてくる。リスクの発生確率は事象によって異なる。そのため、同一のリスクをもつ者が多数集まることで不確実なリスクをより合理的に処理することができる（たとえば、火災保険と、地震保険、疾病保険、癌保険という種別があり、種別ごと、国ごとに、そのリスクの定量化された数値wが異なる、ということがここから出てくる）。また、地震保険、原子力保険など、被害の実態が保険会社の支払い能力を超える場合、国家による援助、補助が認められるのも、この原則を貫徹補完するためである。

最後は、給付・反対給付均等の原則。たとえば火災保険の場合、木造の建物と、石造りの建築物では火災となるリスクが異なる。その場合、個々のリスク確率に応じた拠出が必要となるという原則がこれだ。個々の確率に従い、それぞれに異なる保険料が決まるが、その全体を合計すると、保険掛け金の総量と保険支払金の総量は一致する。リスク率が三〇〇〇分の一の場合、数式で表すと、P（保険掛け金）＝1／3000×Z（保険支払金）となる。この定量化されたリスク率をwとおけばP＝wZである。こうして、契約者と保険会社の間で締結される保険契約では、リスクの確率が定まると、それをもとに、掛け金（保険料）と支払金の比率が決まる。この条件下だと、「契約者と保険会社のいずれにも不当な利益は発生せず、保険契約は公正」である。この給付・反対給付均等の原則と収支相等の原則とはミクロ・マクロの関係で対応している。

さて、保険は、こうして、まず一四世紀、海上保険からはじまる。イタリア商人の航海は、シェイクスピアの「ヴェニスの商人」にも出てくるように船が遭難しなければ、富を生むが、いったん遭難すれば、すべてを失う。「リスク」の感覚が彼らに、冒険心と安心が一対の存在であることを教える。保険はその後、陸にあがり、一七世紀に火災保険、ついで一九世紀末に自動車保険へと拡大し、他方、これより先、一八世紀の産業革命がさまざまな利潤獲得の機会をもたらすようになるのを機に、これとは異なる種類のさまざまな保険が生まれてくる。この「それ以外」の損害保険は、日本では「新種保険」と総称されている。しかし、この範疇に相当するものの米国での呼称は「災害保険」(casualty insurance)、イギリスの場合は「事故保険」(accident insurance)である。海難、火災の後、自動車事故とともに浮上してくるのは、生命保険、社会保険等を別にすれば、「災害」であり、「事故」なのだ。

こうした流れのもと、原子力保険は、先にふれたように、日本では一九六〇年に生まれたが、産業社会のファクターとして、右の三つの原理に照らして、保険になじまないいくつかの難点をもっていた。


原子力災害は、事故の発生頻度が低いにもかかわらず、万一事故が発生した場合には人的・物的に巨大損害になるおそれがあり、その一方でこれらの損害が発生する可能性のある原子力施設は数が限られていることから、災害への補償を行ううえで必要な大数の法則が適用しにくいという特徴がある。(竹井直樹「原子力保険」、木村栄一ほか『損害保険論』所収、二〇八頁)

大数の法則が適用しにくい。リスクの規模を数値的に確定しにくい。被害甚大な場合の損害賠償額が、予測しにくい。そのため、収支相等の原則、給付・反対給付均等の原則も、適用不能の事態が想定されてくる。

どういうことか。

一九六八年に発生した三億円事件では、輸送現金(約三億円)に運送保険が付けられていた。けれども「この種の危険の発生はきわめて稀であるので、保険料率は100円につき5厘5毛(0・0055%)、したがって、その保険料はわずかに1万6187円であった」(木村栄一『損害保険総論』『損害保険論』）。つまり、給料のための巨額を盗難にあった会社（東芝）は、一万六一八七円の保険料で、約三億円に近い巨額の保険支払金を受けた。保険会社は、被害額のほぼ全額を負担した。原発はほぼ絶対安全の施設として知られ、その事故発生率は、さらに低いと考えられるが、こういう特性をもつ保険対象が「事故」を起こすと、再保険がかけられているとはいえ、保険機構全体の負担は、ただならぬものとなるのである。

ちなみに、今回の原発事故の場合、数字のわかる二〇〇三年の例で見ると、先にふれたように、原子力事業者全体の二〇〇三年の保険金掛け金（元受正味保険料）の合計は一〇八億七四〇〇万円である。損害賠償額が上限の一二〇〇億円と見積もられているのか、それ以上か、また保険料率（リスク発生率）がそこでどのように見積もられているのか、わからないが、日本の全原発の数五四基で、福島の四基相当分を割り出すと、約八億円となる。これで推定すれば、日本原子力保険プールは、今回の事故で、保険支払額が損害賠償補塡の上限となったとして、一二〇〇億円を支払った。すると東電の受け取り分は、保険料八億円に対し一一九二億円である。むろんそれで足りない分は、政府が支払う。それは、収支相等の原則を基礎に、産業社会としての日本社会が、これを公益的なこととして承認してきたし、事故が起こった現在も承認しているからである。とにかくこの想定が事実とそんなに違っていないなら、日本原子力保険プールの保険支払額は一一〇〇億円以上にのぼる。彼らとしては、今後、事故を起こした四基の原子炉の廃炉に向けての作業に対し、リスク確率をどれくらい上げて算定するか、またそれが再度事故を発生させた場合の損害・賠償の総額をどれくらいに見積もるかを算定し、新たな保険料を決め、契約更新に際し、「値上げ額」を東電に示す手筈だったはずだ。しかし、算定してみると、「通常の原発とは比べものにならないリスク（危険性）があ」る。また損害の予測規模が大きすぎる。

そもそも、一〇〇〇年に一度等々と言われてきた事故リスク確率の一方で、ソ連で最初の原発が稼働した一九五四年から二〇一一年までのたかだか五八年の間に、世界中の原子炉約六〇〇基中、一九七九年、一九八六年、二〇一一年と、合計六基の原子炉が過酷事故を発生させてきた。これではリスク発生の「理論的確率」と「経験的確率」の落差が大きすぎる。「大数の法則」がきかない。これで原発の事故リスク確率への信頼が担保されるのか。とにかくこれでは「給付・反対給付均等の原則」が成立しない――。こう判断されたため、たぶん、更新せずとの決定に落ち着いたのである。

そして、この決定に対し、保険契約としては前代未聞のことだが、保険の原則には則っている、社会的公正は守られている、算定結果が産業社会の枠をはみ出てしまったのは、家屋の中に飼われていたモンスターの成長速度が、予測を超えていたからだ、と考えるほかなかったことが、東電がこの決定を結局受け入れなくてはならなかった理由だろうと思われる。

日本原子力保険プールの今回の契約更新打ち切り決定は、事故にあった福島第一原発の原子炉が今回の事故で、もはや産業社会の枠外に出てしまったことを示している。今回の原発事故は、産業事故としてははじめて回収不能となったパイオニア的事象なのだ。

つまり、産業と技術、それが約束する無限の人間の可能性、そうしたものへの信頼こそが、共産主義思想の次の未来の引き受け手だった。産業社会への信頼が私たちを支えてきたのだが、福島第一は、いち早く、その産業社会から外に出た。どこに行ったのか。

ウルリヒ・ベックの概念を用いれば「リスク社会」という、もう一つの領域に入ったのだ。

I　さまざまな近代二分論があった

1　ポストモダンとエコロジー

『ゆたかな社会』vs.『沈黙の春』

いま自分たちが新しい局面に入ったのかもしれないという私の判断は、正しいだろうか。根拠があるとしたらそれは、どのようなことだろう。

むろんそれは、三・一一の原発事故によって世界の新しい地平が開かれたというようなことではない。そうではなく、いまのところは、見方の上で、また考え方の上で、私のなかに一つの更新が生じた、ということである。その私の考えによれば、これまでさまざまな形で別個に、外発的にいわれてきた新しい社会と人間の問題が、ようやく互いに関連づけられ、一つの問いの形をなして単に社会の問題としてではなく人間の問題としても、せり上がってこようとしている。

その問いとは、一言でいえば、有限の世界のなかで、人はどのように生きるべきか、というものだ。

有限？　そのようなことなら、もうずいぶんと前から耳にしている、といわれるかもしれない。もう耳にタコができるほどだと。でも、これまで人は、もう半世紀も前から地球が有限であること、このまま何もしなければ世界が崩壊の危機に瀕すること、そのためどのようにかしなければならないとはいってきたけれども、生きることの前提と条件が変わったら、どのような「生」の問題にぶつかるか、というようにはこれを、問わなかった。

また、社会が新たな様相を示し、そこで「生」の条件がこれまでとは異なる困難とふたしかさのなかに置かれるようになり、生きることがこれまでとは別種の経験となりつつあるということは半世紀以上も前からさまざまに指摘されてはきたけれども、そのことが地球の有限性と結びつけられ、統合された視野のもとに、人の生き方まで届く射程をもって考えられるということは、ほんの十数年前までついぞなかったことだったのである。

その十数年前の統合の意味から、ここでは話を進めたいと思う。

でも先に断っておくと、そこに提示された展望と理論をもってしても、じつはまだ最終的な問いの形にまではたどりつかないのだ。その先まで考える手がかりは、別にそれとは離れた場所で語られていた。そのことに気づき、右の問いがいま私たちの前にさしだされている課題の最深の形なのではないかと思いあたるのに、私のばあいを例としていうと、序章で述べたような三・一一からの示唆、未来的な指標の浮上が、必要だったのである。

ここで手がかりにしたいのは、近代二分論という考え方だ。聞きなれない言葉かもしれないが、いま私たちが生きる社会を従来の近代と異なる第二の近代ととらえ、近代を二分することで新しい社会の意味を取りだそうという思考枠組みのことを、ここでそう呼んでおきたい。

つまりはこう考えてみるのだ。前世紀なかば、二つの世界戦争をへて産業革命以来の近代産業社会がこれまでのあり方からようやく離脱する兆しを見せる。すると、まず米国で、ついでヨーロッパで、社会の変化と変質を手がかりに新しい社会の様相、そこに出てくる異質な問題、そこでの生き方の指標等について考えるいくつもの「新しい近代社会」論が現れてくる。米国の新社会論、フランスのポストモダン思想、地球の環境や資源、人口の問題に警鐘をならす「成長の限界」の論、エコロジーをめぐる新社会論、持続可能性の思想と運動などなど。

私の考えからは、それらの近代二分論は、大きく開放系の近代二分論と閉塞系の近代二分論とに分けられる。開放系とはこの近代は無限に続くと無意識のうちに前提にされた近代観のことであり、閉塞系とはこのまま行くと近代はなんらかの壁にぶつかるゾと意識化を促す近代観のことである。これらは従来、別個の流れのうちにとらえられてきたのだが、本当は相互に関係しあうとみなされるべき双子的な存在だったのではないだろうか。

開放系の近代二分論から見てみよう。

こちらは、はじめ米国で、主に一九五〇年代から六〇年代にかけて、社会学と経済学の領域で姿を見せてくる。まず一九五〇年にデイヴィッド・リースマンが『孤独な群衆』を書いて、これまで注目されてこなかった、世論調査で「わからない」と答える新種の人々に焦点をあてる。背景にあるのは人間の社会活動の重点領域がかつての「生産と開発」から「消費と人間関係」へと移ってきたことだ。リースマンを動かしているのは、どうも社会が大きく変容しているらしいという観察である。彼はそこで人々の人格形成が「伝統志向から内部志向をへて他人志向へ」と変わってきているのではないかという見取り図を示す。そして新しい質の大衆社会の到来を予告する。ついで、五八年に経済学者のジョン・ガルブレイスが『ゆたかな社会』を発表し、社会が貧困からの離脱をとげ、経済学でこれまでは部分的な現象としてしかみなされることのなかった「ゆたかさ」が持続的に存続する新しい社会が現れてきたと述べる。そして、「ゆたかさ」を基調とする新しい消費社会の輪郭を示し、これに対応する経済学のアプローチが必要であると説く。これに続き、今度はダニエル・ベルが、六〇年、『イデオロギーの終焉』を刊行して米国における五〇年代の左右対決型の政治思想の枠組みの終焉を宣言し、七三年には『脱工業社会の到来』を著してこれまでとまったく違う知識情報社会の概要と条件を輪郭づける。また、これより先、六二年には、ダニエル・ブーアスティンの『幻影の時代――マスコミが製造する事実』も書かれ、広告戦略、情報化時代のもつ新しい問題に光があてられている。

ここでのポイントは、これらがわずかに連動しつつ、でも基本的には独立したそれぞれの分野での考察を通じ、一つの新しい時代の到来をこれまでにない近代の次元の出現として語っているということである。いずれもが他人志向、消費と情報の前景化、大衆社会化、生活水準の上昇といった変化とともに生じる「新しい近代」の到来を告げている。どの論でも、大きくいえば自然を開拓、開発する生産中心の前期近代から流通、通信、サーヴィスなど都市における洗練された知的業種へと軸足を移す消費中心の後期近代へと、近代が「離陸」しつつある、という観察を示している。「離陸（take-off）」という言葉を有名にしたW・W・ロストウの『経済成長の諸段階――一つの非共産主義宣言』もこの時期、六〇年に出ている。近代はその成長の果てで、ようやく貧困と工業化という前期近代の大地から離脱し、ささえをもたない豊かさと消費と情報の後期近代へと入る。そして新しい問題に出会う。

しかし、これらの動きを近代二分論というカテゴリーのなかにおいてみると、このとき同時にやはり米国で、もう一つの流れが生じていることに気づく。ガルブレイスの『ゆたかな社会』から四年後、ブーアスティンの『幻影の時代』と同年の六二年に、まず抜粋の形で「ニューヨーカー」に掲載され、その後単行本化されるやたちまちベストセラーとなるレイチェル・カーソンの『沈黙の春』の観点がそれだ。

カーソンは、化学薬品、農薬等による環境破壊問題をとりあげ、経済の成長の結果、自然破壊という新しい問題が生まれてきていると警鐘を鳴らした。ダニエル・ベルが「脱工業社会という概念」をはじめて提唱したのも、同じく一九六二年に開かれたある「技術と社会的変化に関する討論会」の席上においてであったことが『脱工業社会の到来』に書かれている。両者はともに「新しい近代」の段階の到来を告げている。このあと永続的に近代社会が成長し、変容するであろうという開放系の近代二分論が新しい展開をみせるのとほぼ同時期に、同じ米国に、このままでは未来に問題を生じると説くいわば閉塞系の近代二分論が、登場してくるのである。

また、ヨーロッパに目を移せば、この五〇年代、六〇年代の米国の動きと踵を接するようにして、やはり六〇年代から七〇年代にかけ、この二種の近代二分論の流れが、それぞれにさらに新しい展開を見せている。

一九六〇年代から七〇年代にかけ、フランスに起こる新しい近代二分論、その後ポストモダン思想として世界を席巻することになる広範な思想動向が、開放系をなす近代二分論の後身にあたっている。そのつながりは、同じ社会学の領域で斬新な消費社会論を展開する七〇年のジャン・ボードリヤールの『消費社会の神話と構造』に顕著だが、彼ボードリヤールはリースマン、ブーアスティンの著作に言及しながらガルブレイスの『ゆたかな社会』に照準をおき、そこに示された認識からの展開を、記号としてのモノの消費を中心とした新しい消費社会論として提示している。このフランスでの近代二分論は、源流をたどれば前世紀初頭のソシュール言語学、近いところではクロード・レヴィ＝ストロースの『悲しき熱帯』（一九五五年）、さらに六二年の『野生の思考』の文化人類学的知見にまで遡る。レヴィ＝ストロースは『野生の思考』でサルトルと論争をかわし、この論争を通じて構造主義の考え方が世に広まる。そして、六六年にミシェル・フーコーの『言葉と物』が現れると、構造主義、ポスト構造主義と呼ばれることになる思想の革新が起こり、この動きは大規模な地殻変動をともなって、世界の思想全域を席巻していく。

そこでは、マルクス主義批判、実存主義批判を基礎に、大きく、「大きな物語から差異の戯れへ」、「主体から構造へ」、「生産から消費へ」、「実体からシミュラークルへ（リアルからヴァーチャルへ）」といった考え方の転換が示されて、そこに底流する社会の変化が強調される。この先、七二年のドゥルーズ&ガタリの『アンチ・オイディプス』などの非フロイト的な関係欲望論をへて、七九年、ジャン＝フランソワ・リオタールが『ポスト・モダンの条件』を書き、ここに記したような近代二分論としてのポストモダン思想の輪郭を、改めて「知」の意味の更新として語り直す。以後、ジャン・ボードリヤールのシミュラークル論、情報社会論、ジル・ドゥルーズの差異の理論、ジャック・デリダのグラマトロジー論など、多くの思想的な展開が続くが、この流れも大きく見れば、近代二分論の枠組みのなかにある。

しかし、これに並行してやはりヨーロッパ、アメリカを横断するかたちで、この時期、もう一つの近代二分論が浮上している。七二年、ローマ・クラブが『成長の限界』で示した、地球の有限性の論がそれだ。

こちらは、『沈黙の春』の延長上で、地球の環境、資源、人口爆発をささえる食糧の供給にはっきりとした限界のあることをコンピュータによるシステム分析を駆使して示し、近代の第一原理である産業の成長がこのまま続けば早晩、限界に達し、人類は危機を迎えるだろう、したがって、どこかで考え方を変えなければならない、と説く。

閉塞系の近代二分論としての新展開である。

ポストモダン思想が哲学社会思想の領域で世界を席巻していく時期と、「成長の限界」の持続的社会にむけたエコロジー論が世界中に広まっていく時期とが重なっていることが、私の観点からは注意をひく。『沈黙の春』のショッキングな警告から一〇年後に現れたこの「人類の危機」に関する総合的リポートは、方法論としては、ベルが『脱工業社会の到来』の中で述べた「システム分析」をコンピュータの世界モデルを用いて全面的に展開した将来予測となっている。すぐ前の七〇年には同じ手法でアルビン・トフラーが開放系の究極的な近代二分論ともいうべき『未来の衝撃』を刊行してもいる。この点での両者の分析手法は同一なのだが、七〇年をすぎると、いわば二つの見方が現れ、同じシステム分析が異なるデータ操作を通じて相反する未来を予測するようになる。というか、未来予測は開放系から閉塞系へと劇的に反転し、以後、近代二分論は、ポストモダン論とエコロジー論という対位の形をみせるようになる。

当時として斬新なコンピュータ予測に基づくこのシステム分析は、そのショッキングな内容もあって世界に広範な影響を及ぼす。この後、多くの国に環境保全のための省庁、機関が作られる。国際機関もこれに鋭敏に反応する。八四年からは米国のワールドウォッチ研究所から『地球白書』が毎年刊行されるようになり、九二年には、リオ・デ・ジャネイロで国連の「地球サミット」が、九七年には、京都で地球温暖化防止会議（COP3、京都会議）が開かれる。こうして八〇年代から九〇年代にかけての時期は、「北」の世界を一つはポストモダン思想が、もう一つは社会の持続的な発展とエコロジーの思想が、広く覆っていくようになるのだが、時を経るにしたがい、ある事実がはっきりしてくる。

すなわち、両者はなんら相手方には関心を示さない。完全な没交渉と無関心が、両者を征圧していく。

記号消費か、成長の限界か

一九五〇年代から六〇年代にかけて米国に現れた新社会論の著者たちの多くは、社会学と経済学の専門家である。彼らはこの時期、未曾有の繁栄を迎えつつあった新しい社会の変化に目を奪われている。そのため、一方でレイチェル・カーソンの『沈黙の春』が警告し、やがてローマ・クラブの『成長の限界』によって示される地球の有限性への関心は、彼らの著作には見当たらないのだが、この時点では、さほど異とするに足りない。

たとえば、『沈黙の春』の四年前に刊行された『ゆたかな社会』のガルブレイス。彼はそこで米国経済における民間部門のプレゼンスの大きさに対する公共部門支出の少なさにふれ、市民が田舎にピクニックに行くと「広告のために景色もみえ」ず「美学的な考慮は二の次」となっていること、キャンピングカーの宿泊地の公園の設備が「公衆衛生と公衆道徳をおびやかすようなしろもの」であることにふれる一方で、レイチェル・カーソンが述べているような環境破壊には、一片の関心もみせていない。そこで、彼が環境問題と呼んでいるのは景観、公衆衛生、公衆道徳の問題である。

けれども四〇年後、九八年に書かれた決定版によせた序文で、彼が初版の同じくだりをそのまま引用し、これをなお「環境」問題と呼びながらその後の「環境」問題の変化になんらふれないでいるのを見ると、さすがに奇異に感じる。この経済学の泰斗の『ゆたかな社会』の文脈における地球の有限性問題への無関心ぶりと楽天性に、二つの近代二分論の間の懸隔の意外な大きさを知らされる思いがするのである。

同じことは七三年、『成長の限界』の翌年に出るダニエル・ベルの『脱工業社会の到来』についてもいえる。そこでのベルの論点には「脱工業化」、「サーヴィス部門」の興隆など数多く地球の資源、環境の有限性への対処につながる要件が含まれている。しかしやはり、『沈黙の春』から『成長の限界』へといたるこの地球の有限性問題との関わり、議論のすり合わせへの関心は、どこにも見られない。

この種の無関心と没交渉は二人に限らず、広く「ゆたかな社会」の論者、ポストモダンの論者、また他方の「成長の限界」の論者、エコロジーの論者に共有されてゆく。

その理由をどこに求めるのがよいだろうか。

先に述べたように二つの近代二分論に接点がないとは思われない。両者は同じ時期の同じ原因からなる「一つの社会」の変化を問題にしているからである。たとえば、ボードリヤールの『消費社会の神話と構造』には、これまでのすべての社会は、いつでも絶対的必要の限界を超えて、浪費と濫費と支出と消費を行ってきたが、それは次のような単純な理由によるものだ。つまり、個人にせよ社会にせよ、ただ生きながらえるだけでなく、本当に生きていると感じられるのは、過剰や余分を消費することができるからなのである。（三九頁）

という指摘があり、これは私にはとりわけ『成長の限界』の論理に対する重大な挑戦を意味する論点と思われる。ボードリヤールはここで、「成長の限界」の論者に向かい、あなた達の論には哲学が欠けているのではないか、人間は「ただ生きながらえる」だけでは「生きている」とはいえないが、あなた達の論はどう「限界を生きながらえるか」をしか問題にしていない、ということもできるだろうからだ。でも、このボードリヤールをはじめ、ポストモダン思想の担い手たちが地球の有限性の問題に言及し、批判的な関与を企てたという話もきかなければ、他方、『成長の限界』の書き手たちがそうした介入に反応したという事実も聞かない。

なぜなのだろうか。『消費社会の神話と構造』には、「豊かさ、つまり常に増加する個人的および集団的財と設備の発展は、その代償として常に深刻化する『公害』を招くことになった」という一文もある。つまり、「公害」への言及もあるのだが、そこでの「浪費と濫費と支出と消費」は、この指摘以上には「成長の限界」の論理とまじわることがない。「公害」の一分肢としての「自動車の氾濫」についてボードリヤールはいう。

自動車の氾濫は巨大な技術的・心理的・人的欠損をもたらした。だが、それはどうでもよい。というのは、必要な過剰設備投資やガソリンの追加消費や交通事故に会った人びとの治療費などは、帳簿上はすべて消費として記録され、国民総生産と諸統計に組みこまれて、経済成長と富の指数となるだろうからである。（三二一〜三二三頁、傍点引用者）

ボードリヤールにとって、「公害、それは一方では産業の発達と技術の進歩の結果であり、他方では消費の構造そのものの結果でもある」。「公害」は「成長の限界」の指標であるかもしれないが、また新しい社会における「消費」概念の広がりの指標でもある。そして彼の関心は、もっぱら後者の意味あいに注がれる。

しかしここでも、これはボードリヤールに限られたことではない。こういうしぐさがポストモダン思想一般の特徴なのである。この間のフランスの思想的な地殻変動をポストモダンという近代二分論の概念でくるリオタールの『ポスト・モダンの条件』を見てみよう。そこでは、冒頭、「知識」が、人に使えるもの（操作的であるもの）、人に通じるもの（共約的であるもの）として現れるときには、そこにほんらいひそむ通じにくいもの（共約不可能なもの）への「テロル（殺戮）」が行われているのだということが述べられている（一〇〜一一頁）。

前期近代から後期近代への変化の指標は、たとえていえば愛による原罪からの解放という（キリスト教の）物語、学問による無知・隷属からの解放という（啓蒙の）物語、労働の揚棄による搾取・疎外からの解放という（マルクス主義の）物語、産業の発展による貧困からの解放という（資本主義の）物語など、さまざまな「解放」の「大きな物語」の〝終焉〟として語られる。その結果、たとえば「産業の発展による貧困からの解放」という「資本主義の物語」は、でもそこにはなお目に見えない、別個の「貧困」が生き延びていると指摘され、その「解放」の「物語」の大ざっぱさ、粗雑さがえぐりだされはするものの、他方、「貧困」は（一定程度）克服されたが、今度は地球の有限性という新たな問題にぶつかるようになったというようには、展開せず、また語られない。それだと、「大きな物語」から「差異の戯れ」ないし「小さな物語」へとはならない。「大きな物語」（貧困からの解放）からもう一つの「大きな物語」（成長からの離脱）へとなり、共約不可能なものを「殺戮」する結果となってしまうのである。

ポストモダニズムはこのように、そもそも考えを同じくする者以外とは率直に対話を行えないという、奇妙な不能性を抱え込んでいるのだ。

これと同じことが、もう一つの流れである『沈黙の春』における環境破壊への警告、『成長の限界』における地球の有限性の論理についてもいえるのではないか。ボードリヤールの消費社会論が「公害」の問題性を把握しながら、不思議なかたちでこれを壁抜け《スルー》してしまうように、レイチェル・カーソンの化学薬品の公害告発にも、消費社会、また「産業の発展」への想像力、あるいは奇妙な言い方に聞こえるかもしれないが近代を創設してきた「人間」への同情心ともいうべきものが、少しく欠けていると思われるのである。

『沈黙の春』にはこのようなくだりがある。

この地上に生命が誕生して以来、生命と環境という二つのものが、たがいに力を及ぼしあいながら、生命の歴史を織りなしてきた。といっても、たいてい環境のほうが、植物、動物の形態や習性をつくりあげてきた。地球が誕生してから過ぎ去った時の流れを見渡しても、生物が環境を変えるという逆の力は、ごく小さなものにすぎない。だが、二十世紀というわずかのあいだに、人間という一族が、おそるべき力を手に入れて、自然を変えようとしている。(一四頁)

ここには環境と生命の関係の逆転に関する的確な見方が生き生きと述べられている一方、なぜ「人間という一族が、おそるべき力を手に入れて、自然を変えようとして」きたかについての想像力、哀れな「人間という一族」への同情心が、さほど見られない。人間が「自然を変え」る力を手に入れ、それを行使するようになったのはそう昔のことではない。それによって人類ははじめて古代以来続いてきた生存の最低ラインからの離陸を可能にした。それまでは一握りの人間にしか可能でなかった。しかし以後、それが広範な民衆の手に渡る。それは「自然」の開発、破壊という観点からみれば「おそるべき力」だが、人間の自由と幸福という観点からみれば、やはり「よき力」という本質をもつはずである。

これがなかったならば、人類は中世の軛から脱せられなかったかもしれなかったからだ。

この「よき力」が行き過ぎた結果、環境破壊が起こっている。問題は、「行き過ぎ」を押さえ、これが産業社会の根幹からくるのであれば、その根幹を見直すことなのだが、こうしたいわば複眼的な思考と二枚腰の姿勢が欠けているため、カーソンのこのすばらしい本のなかで、近代は否定の対象にしかなっていない。ここにあるのは公害に苦しむ三代目と、工場建設に立ち向かう一代目の関係だ。三代目がいまここにいるのは、一代目がそこを切り開いたからで、そこには原因と結果、生産と自然破壊という逆接の関係だけでなく、富と多数の安寧という順接の関係もある。

　つまりここにも二つの利害の相反、二つの論理の対立し、「出会う」場面があるのだが、ポストモダニストたちのばあいと同様、レイチェル・カーソンの論理もまたこの場面で、そのぶつかりあい、「出会い」の契機を壁抜け《スルー》してしまうのである。

　いや、これはむしろこういったほうがよいかもしれない。レイチェル・カーソンが『沈黙の春』を書いたとき、産業の発展は自明のものだった。誰もがその活力の無限性を信じることができた。だから、それがもつ「行き過ぎ」の作用を心おきなく否定することができたのだ、と。でも半世紀たち、この毒がとうとう自然の劣化を通じて産業自体にまで回ってきて、いまや産業と経済成長自体を圧迫している。産業社会自体がそのため危機的状況に陥り、その有限性を明らかにしつつある。だからいま、今度は私たちの目に、『沈黙の春』の論理は、「産業の論理」への反逆と警告でありつつ、同時に三代目の一代目への依存にも似た、産業への依存とも見えてしまうのである、と。

　そもそもなぜ、地球の資源、環境に限界があることは自明なのに、経済成長のあり方に反省を加え、これをより穏当で妥当なもの——持続可能なあり方——に変えようと努力する人が、少数のままにとどまっているのだろうか。

なぜ「成長の限界」の論理は、広範な、世の大多数の人々を動かすことができないまま、現在にいたっているのだろうか。

またなぜ、このままゆけば地球が危機に瀕すると警告されたおりにはショックを受け、何とかしなければと考えたのに、いつの間にか私たちの多くのなかで、この危機感は、馴致され、手なずけられてしまっているのだろうか。

七二年に出た『成長の限界』(第一版)は、著者たちの結論を、このように要約している。

(一)人口、工業化、汚染、食糧、資源枯渇の趨勢がいまのまま進行すれば近い将来地球上の成長は限界に達する。そこから起こりうるのは人口と工業力の「かなり突然の、制御不可能な減少」だ。

(二)しかしこの趨勢を変更すれば持続可能な均衡状態を作り上げることは可能だ。

(三)その変更に向けての努力は早ければ早いほどよい。

そして、冒頭、この種の提言はこれがはじめてではないことにふれ、こうした人間社会の将来の進路に関する問題が重要であることを「信じている人は多い。それにもかかわらず、これらの問題を理解し、その解決策を求めることに積極的に関心を払っているのは世界の人口のごく一部の人々にしかすぎない」と述べている。彼らもこの問題はわかっているのだ。

ではなぜそうなるのか。この問題に説明を与えるべく、彼らが掲げるのは次のような、「人間の視野」と題された興味深いグラフである（図を参照）。図には縦軸に空間が狭い方から広い方へ、家族、近隣・職場・町、民族・国家、世界と四区分されている。横軸には時間がやはり、ごく近い将来から遠い未来へと来週、数年先、生涯、子どもの生涯と四区分されている。著者らの考えでは、「ほとんどの人々の関心はグラフの左下方に集中している」。とりわけ生活に追われているような人々がそうだ。人は、ふだんは、

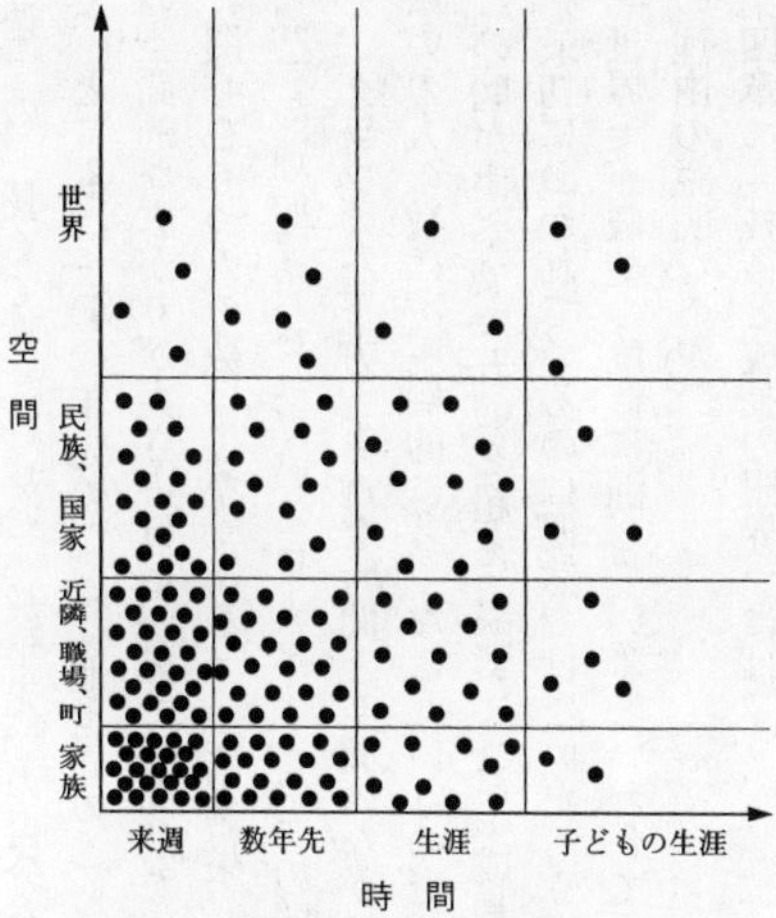

人々の視野は空間的にも時間的にも異なるが、すべての人間の関心は、上掲の空間＝時間グラフのどこかにあてはまるはずである。大多数の人々の関心は、家族や友人に対する短期的なことがらに限られている。他の人々は、時間的にもっと先まで見通し、町とか国といったもっと広い範囲のことがらに関心をもっている。ごく少数の人々だけが、遠い未来に広がる全世界的な関心をいだいている。

図１　人間の視野

『成長の限界』（ダイヤモンド社）より

「来週」の、長くてもせいぜい「数年先」の自分を含めた「家族」のことを心配するのに精一杯で、とても、一〇〇年先のこと、他世界のことには頭が回らない。そのため、「一般に、問題の空間的な広がりが大きいほど、また時間的な広がりが長いほど、その問題の解決にほんとうに関心をもつ人の数は少なくなる」。その結果、グラフの右上方、「子どもの生涯」に関わる「世界」の運命で表されているローマ・クラブの関心領域に位置する人々の数はごく少数で、他方、グラフの左下方、身近な時間と空間のなかにあって「来週」の「家族」の心配で頭がいっぱいの人の数は、圧倒的に多くなるというのだ。

この図がすべてで五〇を超える際だった『成長の限界』の図表群のなかで、図1と銘打たれ、最初におかれているのは偶然ではないだろう。これが、世の多くの人がいくら一〇〇年後の「世界」が破綻の危機に瀕しているといわれても無関心でいることに対する、著者らのメインの理由の説明なのだ。

第四章の「技術と成長の限界」には、

近代の歴史はかくもうち続く成功をおさめてきたので、技術的な突破によって、自然の限界を無限に克服し続けることができると多くの人々が期待をいだいているのも当然である。（一一一頁）

とあり、人々のやみくもな技術信仰の検証に一章がさかれているが、これらをも基礎づけている著者らの人間観、近代観が、ここでまず、問題になる。

すると、ここにも私たちは、『沈黙の春』に見られたのと同様の、「半面」だけを見る近代理解、いわば「当為《すべし》」のみに立脚した人間理解の一面性がもつ問題にぶつかるのである。

そもそも圧倒的に多数の人々の近視眼的な心配と、ローマ・クラブの賢人たちによる一〇〇年後の「世界」への心配とのあいだに、軽重がつけられるのだろうか。圧倒的多数の人々の小さな心配と、少数の人々の圧倒的に大きな心配とは、実は、ともに人間の幸福への願いから生じた等価で一つの気がかりなのだと考えるべきなのではないだろうか。一グラムの小石が一〇〇〇個と一キロの大きな石が一個が重さとして等価だからという仕方でではなくて、人々の一人一人の小さな心配と、少数の賢人の大きな懸念とが、一グラムの小石と、一キロの大きな石として、なお等価に、つり合っている。一つの家族の幸福のなかには、全人類の幸福と見合う、そういう無限が入っている。そういうものが、私の考えでは、幸福の本質なのである。『成長の限界』の分析はシステム分析としてはすぐれているが、十分な人間理解、また近代理解に伴われていないのではないか。

そこに欠けているのは、一言でいえば、ボードリヤールのところにも少しだけ顔を見せていた問い、――人は何のために生きるのか、という問いである。

サタンがイエスに「石をパンに変えてみよ、そうすれば誰もがその奇跡に驚いてお前に従うであろう」というと、イエスがこれに「人はパンのみにて生くるにあらず」と答える。人はパンのみで生きているのではない。言葉で生きる。また希望のうちに生きる。しかし同時に、パンがなければ生きていけない。この二つの条件のあいだに、人は何のために生きるのか、という古くて新しい問いがあるのだが、著者たちは、このことに十分に心をいたしていない。そのことが彼らの訴えかけを浅いものにしているのである。

『成長の限界』から二〇年後に刊行された第二版『限界を超えて——生きるための選択』では、著者らの考えは、一歩を進め、こう述べられている。われわれはいまでは、「全世界が持続可能な社会への道を選択すること」への「難しさ」の根源をよく知っている。

それは、あまりに多くの希望が、あまりに多くの人びとのアイデンティティが、そして工業化された現代文化の多くが、果てしなく続く物質的成長という前提の上に築かれているからだ。（ix頁）

「希望」と「アイデンティティ」なしに、人々は動かないと、ここでは考えられている。ただ、こうした基本的な人間観の徹底が、なお果たされていないのである。

『ゆたかな社会』のエピグラフには、こう書かれている。

経済学者は、他のすべての人と同様に、人間の窮極の目的を関心事としなければならない。

——アルフレッド・マーシャル

その著作の趣旨からいって、ここにいう「人間の窮極の目的」とは「ゆたかさ」をもその内容の一つとする「幸福」ということ、「自由」ということ、また「希望」ということだろう。人間は何のために生きるのか。『ゆたかな社会』は、ようやくわれわれは「人はパンのみにて生くるにあらず」を前提に経済学を再調整すべき段階まで達したと述べている。そしてボードリヤールは、人は「必要」のためには「ただ生きながらえる」ことしかできない、「本当に生きていると感じられる」には「過剰や余分を消費」しなければならない、とさらにつけ加えている。

では、どのようにすれば『成長の限界』の警告する地球の有限性のもとで、なお人は「自由」を実現し、「幸福」をもとめ、「本当に生きていると感じられる」生活を送ることができるのか。

この「希望」のうちに顔を出しているのは、そもそもどういう問題なのか。

ここまできて、私は冒頭の三・一一の経験の場所に戻る。原発事故からの一年半の思索は私に一つの本の意義を再認識させることになった。見田宗介の一九九六年の著作、『現代社会の理論』がそれである。

2 見田宗介の全体理論

日本の二つの近代

『現代社会の理論』に入る前に、ここまで述べてきた近代二分論の日本におけるあり方を見ておきたい。

日本では、ここまで述べてきた二つの流れは、ほぼ次に述べるような展開を示した。まず米国流の「新しい社会論」がジョン・ガルブレイス、ダニエル・ベルの系統で数年のずれをもって移入された。早くはリースマンに学んだ社会学者加藤秀俊の新社会論『中間文化』(一九五七年)があるが、本格的には、経済学者の村上泰亮が一九七五年に『産業社会の病理』を、ついで八四年に『新中間大衆の時代』を著し、同じ年に山崎正和が「消費社会の美学」の副題をもつ『柔らかい個人主義の誕生』を著すあたりで、この系譜が形をとるようになる。他方、フランスのポストモダン思想、ポスト構造主義の系統は、蓮實重彦が七九年に『表層批評宣言』を、また八五年に『物語批判序説』を書き、もう一人、柄谷行人が七八年に『マルクス　その可能性の中心』を、七九年に『隠喩としての建築』、八〇年に『日本近代文学の起源』を著し、新しい批評スタイルに道を開くあたりではっきりとした形をもつようになる。ついで八三年にはフランスの現代思想を解説する浅田彰の『構造と力』がベストセラーとなって、中沢新一の『チベットのモーツァルト』などとともに、ニューアカデミズムの名のもとに、新しい時代の到来を印象づける。このうち蓮實は、「深層から表層へ」、「大きな物語から差異の戯れへ」という消費社会の謳歌の方向を示し、柄谷は、これまでの「大きな物語」、マルクス主義、近代文学といった概念の解体作業をへて、外部、交通、他者等のポスト構造主義的な哲学的観点を打ち出す。

　また、それらとは一線を隔てた場所で、吉本隆明が独自の観点から八〇年代から九〇年代にかけてやはりこれまでと異なる消費社会論、情報社会論を展開するようになる。吉本については場所を改めて考えるが、八四年、『マス・イメージ論』で「情況から現在へ」というポストモダン思想に併行する軸足の移動が示され、その試みは以後、超近代と呼ばれる高度消費社会と高度情報社会の行く末の探究へと向かい（『ハイ・イメージ論』一九八九年〜九四年）、さらに九〇年以降はこれに始原論ともいうべき動きが加わる（『母型論』一九九五年、『アフリカ的段階について――史観の拡張』一九九八年）。

　一方、『沈黙の春』、『成長の限界』の流れは、どうか。

日本では一九六〇年代、水銀汚染公害である水俣病のチッソ告発運動などを中心に、独自に公害研究、環境問題研究の分野で考えが深められる。以後、経済学者玉野井芳郎の一九七八年の『エコノミーとエコロジー』など注目すべき仕事も現れ、八三年にはエントロピー学会なども作られるが、八五年の玉野井の急逝などから、その後、大きな流れを形成するにはいたらない。そして、八九年、ベルリンの壁が崩れ、九一年にソ連が崩壊すると、先のボードリヤール、リオタールに代表されるポストモダン思想の「生産から消費へ」の論、価値相対化の流れが——瀟洒な批判の一方で自らはなんら新しい指針を提示できない——先にふれたアイロニカルな「不能性」の問題に正面からぶつかり、新たに倫理先行のポストコロニアリズム、カルチュラル・スタディーズへと転じ、反国民国家という政治性をともないながら、この反高度資本主義論のエコロジー思想の潮流に合流してくる。こちらは、ポストモダンの思想をひきつぐ一方、新たに南という足場に立脚し、資本主義と北の「ゆたかな社会」の「悪」を糾弾する新しいスタイルを身に帯びている。「北」の消費社会は、こうして従来からの反公害、エコロジー主義の流れと新しい反国家、反資本のポストコロニアリズムの流れと、二様の批判にさらされ、他方、『成長の限界』の論理は、日本においては「北」の「ゆたかな社会」への批判という色合いを一段と強め、進展をとげるようになる。

このとき、先に述べたポストモダン思想の近代二分論が、どのような壁につきあたり、方向を転換することになったか。その詳細については、先にふれたように、柄谷行人が、ポストモダン論者のなかにあって例外的に率直に、こう述べている。

一九八九年に至るまで、私は未来の理念を軽蔑していた。資本と国家への闘争は、未来の理念なしにも可能であり、現実に生じる矛盾に即してそれをエンドレスに続けるほかない、と考えていた。しかし、八九年以後に私は変わった。それまで、私は旧来のマルクス主義的政党や国家に批判的であったが、その批判は、彼らが強固に存在しつづけるだろうということを前提していた。彼らが存続するかぎり、たんに否定的であるだけで、何かをやったような気になれたのである。彼らが崩壊したとき、私は自身が逆説的に彼らに依存していたことに気づいた。私は何か積極的なことをいわなければならないと感じ始めた。私がカントについて考え始めたのは、本当はそのときからである。（『トランスクリティーク』序文、傍点引用者）

私がその後の柄谷の思想的試みを、その内容については同意できないものを含みながらも、思想のあり方として高く評価するのは、この率直さと正直さのゆえである。

寡聞にして私はこのような例を柄谷以外にはしらないのだが、気づいてみれば、いまなお社会的な関与にアイロニカルな距離を保ち続ける蓮實などを例外に、いまや多くのポストモダニストたちが「南」を代弁して「北」の「ゆたかな社会」を批判する、あるいは日本の「天皇制」を告発するポストコロニアリズムの論者へとなりかわっている。反国家主義者であり、反資本の立場に立つ彼らに起こったことも、柄谷の場合とそれほどは違っていない。ただ柄谷ほど正直でない分、その開放系から閉塞系の近代二分論への移行はなめらかすぎ、やはり、そこにあった二つの考えの衝突、「出会い」は再び問いを生みだすことなく壁抜《スルー》けされている。

そこに欠けているのは何か。

九六年、見田宗介の『現代社会の理論』が提示する全体理論の構えは、その問いに答えるものだったと、いまの私の目には見えている。

全体理論の必要

見田の『現代社会の理論』が行ったことは、『ゆたかな社会』と『沈黙の春』以来の二つの近代二分論の流れを、はじめて一つに「統合」したことである。この二つの流れを「統合」すると、どういう問題が現れるのか、見田はそのことを明らかにしようとした。

見田のいう「現代社会」とは高次化された近代社会のことだ。ポストモダンという言葉はほぼ使われていないが、彼の論もまたはっきりと自覚された近代二分論の枠組みのなかにある。一読すればそれが一五年遅れて現れたポストモダン＝第二近代の論だとわかる。それは、ポストモダン思想に引導を渡す、最後のポスト近代（モダン）の論なのである。

ポストモダン思想のもつ「不能性」も、「超越性」も、ボードリヤールにふれる形で、的確に見届けられている。見田はいう。

　ボードリヤール自身は、肯定を禁止しつづける言説、——具体的な何かを肯定することによって自己の言説の超越性を危機にさらすということを回避しつづける言説という、「ポストモダニズム」の一つの流儀の典型的な著作者だから、生産主義的な諸理論を批判する時も、「消費社会」自体に対するシニカルな距離の姿勢をくずしていないが、バタイユの消費社会論をふまえたボードリヤールが、現代の消費社会に対する基本的に肯定的な言説たちの開花に道を開いたことは明らかである。（一二六頁）

見田によれば、ボードリヤールが他者と関係をもつことに関し「不能」なのは、その書くものが「肯定を禁止しつづける言説」だからである。それは典型的なアイロニー型の（自らを仮面の裏に隠す）言説なのである。

全体で四章からなるうち、消費化社会について述べる第一章は、

　「現代社会」の特質として多くの人によって語られてきた、「ゆたかな」社会、消費化社会、管理化社会、脱産業化社会、情報化社会、等々という徴標《しるし》の群れが、人間の歴史の中で、初めて全社会的な規模と深度とをもって実現されたようにみえたのは、一九五〇年代

のアメリカである。（二頁）

と書き出される。一方、その限界問題について述べる第二章は、

レイチェル・カーソンの『沈黙の春』(*Silent Spring*)は、環境問題、公害問題の「古典」と考えられている。事実それは、資源、エネルギー問題を含めて、広義の「環境」問題について、世界的に広く読まれ、広範な影響をもった一連の標準的なテキスト（中略）の端初をなすものであった。（四四頁）

とはじまっている。

見田は「冷戦の勝利」に関してただ一つ重要なのは、それが米国の「軍事力の優位による勝利ではなかった」ことだという。軍事力では米ソ両陣営は「膠着の状態」にあった。「膠着をつき崩したのは、『自由世界』の、情報と消費の水準と魅力性」、——「人間の自由を少なくとも理念として肯定しているシステムの魅力性」であった。

ビートルズもディランもサンタナも、あの輝きと歓喜に充ちた七〇年代コミューンの日々も、この現代の情報消費社会の水準に支えられていた。情報と消費のシステム自体へのあらゆる批判と反発を許容しさえする「豊かな社会」と、その自由とに支えられてい

た。（一一三頁）

ソ連の体制は、戦略やイデオロギーの対極にあるもの、そしてまたポストモダンふうのアイロニーからも遠いもの——ビートルズの音楽が象徴する何か、「ゆたかな社会」と、その自由のもつ幸福感——に敗れた、というのである。

ではなぜマルクスが搾取のシステムだと述べているにもかかわらず、資本主義は人に幸福を与えうるのか。そう問い、見田はマルクスの論理を次のように反転している。

「家畜が餌を食うことは家畜自身のよろこびであるからといって、それが資本の再生産過程の一環であることに変わりはない。」『資本論』のマルクスはこう記している。ここでマルクスは、大衆の消費の過程のことを語っている。

ここでマルクスの言っていることは正しいけれども、この命題は、同じ資格で、反転してみることもできる。つまり家畜が餌を食み、生殖欲求をみたすということは、牧畜業者の資本の循環の一環をなすからといって、それが家畜のよろこびであることに変わりはない、と。あるいは〈大衆が消費することは、それが資本の増殖過程の一環をなすからといって、それが大衆自身のよろこびであることに変わりはない〉と。（三六〜三七頁）

資本主義は人々が広範に「貧困」の絆から解放される、はじめての可能性を開いた。外から見れば、人々は消費を通じても搾取されているのだが、だからといって、それが人々の「よろこび」であることに変わりはない。見田は、われわれはその二重性の前に立ちどまらなければならない、という。

彼が「ゆたかな社会」＝情報化／消費化社会にふれて明らかにするもう一つの点は、それが「生産から消費へ」の軸足の転換と見えてじつは生産の原理の貫徹の姿にほかならないということである。

彼は、ガルブレイスの「ゆたかな社会」とボードリヤールの消費社会論における軸足の転換の淵源を一九二〇年代のアメリカまで遡る。

そこで取りあげられるのは二〇年代の米国のフォードとGMの販売戦略である。彼によれば二〇年代米国の自動車製造業界では当初、先行するフォードがその生産面、性能面、価格面で断然、後発のGMを引き離していた。しかし、その製品「T型フォード」が低価格化に成功し、多くの消費者の手にゆきわたるようになると、フォードは壁にぶつかる。T型フォードの成功が「T型フォードではもはや満足のいかないような豊かな市場をつくり出してしまい、自動車は「つくることよりも売ることの方がむずかしい商品」になってしまうのである。そして、後発のGMが「デザインと広告とクレジットを柱とする」新しいタイプの販売／生産戦略でフォードを駆逐すると、「T型フォード」は売れなくなり、生産中止に追い込まれる。この「生産のシステムの内部」におこった「現代的転回」の年が、一九二七年なのだという。

GMは、いわば情報を製品に組み込み、消費者の購買意欲を掻き立てることでフォードを打ち負かす。産業資本が生産力を増し、社会からの供給（生産）の要求を満たす段階に達すると、次に需要（消費）の壁がやってきて、それ以上は売れなくなる。つまり消費とは生産にとって最初に現れる限界であり、外部なのだが、これは別にいえば、フォードが乗り越えられなかった需要（消費）の限界を、GMが広告宣伝戦略を導入し、消費を自ら創出することで乗り越えたということである。

産業資本は以後、自分で自分に必要なものを用立てて（このばあい消費）自分だけでやっていくことのできる自立的システム＝自己準拠系を確立する。もう一つ長い視野から見れば、需要（消費）をも自ら〝生産〟することで、第一の壁を超えるのである。

このことの意味は何だろうか。見田はいう。

> 古典的な資本制システムの矛盾――需要の有限性と供給能力の無限拡大する運動との間の矛盾、これが「恐慌」という形で顕在化することによって、「資本主義の矛盾」の典型的な証明として語られてきた――この基本矛盾を、資本のシステム自体による需要の無限の自己創出という仕方で解決し、のりこえてしまう形式が、〈情報化／消費化社会〉にほかならなかった。（『現代社会の理論』三〇頁、先の二個所の傍点は引用者）

したがって、

〈情報化／消費化社会〉は、誤解されているように、「純粋な資本主義」からの逸脱とか変容ではなく、〈情報化／消費化社会〉こそが初めての純粋な資本主義である。（同前、三一頁）

ここで見田は、消費化社会の到来の意味は、リースマンからボードリヤールにいたる、これまでの論者がおしなべて「誤解」してきたように、「生産から消費へ」という「純粋な資本主義」からの「逸脱とか変容」にあるのではなく、逆に「生産」をより貫徹させるための第一の限界（消費という限界）の乗り越えにあるのだと、いっている。「ゆたかな社会」からポストモダン論にいたる「生産から消費へ」という転換の構図は仮象であり、根本を貫いているのはここでもやはり「生産の論理」なのだというのである。

リオタールは消費社会の到来を資本主義の「貧困からの解放」という「大きな物語」からの逸脱に重ね、そこに「解放」という大きな物語の終焉を見るのだが、そうではなく、これは生産の貫徹であり、それによる「解放」がここでは、ビートルズやディランの音楽――幸福感の創出――として実現されているのではないか、というのである。「ゆたかな社会」は人々にまたとない自由と幸福感をもたらしたが、それが根本的にもっている負荷は「消費化社会」のただなかにも生きている。その肯定面はその否定面によって支えられている。ポストモダン論にいう「生産から消費へ」は、厳密にいえば「富の生産から消費の生産へ」という生産システムにおける軸足の移動にほかならず、「生産」は「消費」に取って代わられているどころか「消費」を呑み込んで自分をより太らせている。したがって第二の近代（消費）は実は第一の近代（生産）の貫徹された完成形だ。これが見田の消費化社会論の骨格なのである。

するとどうなるだろうか。

「消費社会」の本源は、「無限の進展空間」を手に入れた「生産社会」ということだ。それは洗練された外観をもち、内部をどこもかしこも繊細な皮膚に覆われているが、しかし、そうでありつつ、そのことは、この柔らかな皮膚に包まれた実体が同時に自らの外部を繰り込んで無限に膨らんでいく獰猛さを持ち続けていることを否定しない。だとすればそれは、その果てで外部的な限界にぶつからざるをえないのではないだろうか。

「ゆたかな社会」、またポストモダン思想の「生産から消費へ」の論が、油じみてリアルな産業近代から洗練されてヴァーチャルな産業近代への転換という様相で語られ、内部の変容に目を向けさせ、その膨張性から目をそらさせる働きをもってきたのに対し、見田は、その見方は浅い把握にすぎず、よく見ればここには生産原理が貫徹されているという。そしてそれゆえ地球の有限性という外部的限界との衝突が不可避となると見る。こうして彼は、ポスト近代（モダン）、つまり現代社会が消費社会の内部だけでなく、その外部をもつこと、そこまでを視野に取り込まなければ、この新しい社会の全貌は捉えられないという所以を明らかにするのである。

見田はここで何をしていることになるのだろうか。私の答えをいえば、開放系の近代二分論の論理の歯車を、はじめてその遠く離れたカウンターパートである閉塞系の近代二分論の論理の歯車に、嚙みあわせている。なぜそういうことが可能なのか。問題をゼロ地点まで立ち返らせているからだ。彼はこの社会論のただなかに、人は何のために、何をめざして生きるのか、という普通の人がもつだろう問いを投げ込む。それが、ポストモダン論者と「成長の限界」論者の双方がこれまで行ってこなかったことなのである。

するとそれが触媒になって、彼の論のなかで二つの論理が「嚙み合わせられ」、たがいにふれ、衝突し、化学反応を起こす。そうして、ここまで見てきた二つの近代二分論の没交渉の壁がベルリンの壁よろしく、壊されていく。その先に、もう少し具体的な、一つの問いが浮かんでくる。つまり、

情報を禁圧するような社会、消費を禁圧するような社会に、われわれは魅力を感じない。〈自由〉をその根本の理念としないような社会に、われわれは魅力を感じない。けれどもそれならば、情報化／消費化社会のシステムの原理からして不可避であるかのようにみえるこれらの不幸と限界（環境の限界／資源の限界。南の貧困／北の貧困）を、どのような仕方でのりこえることができるだろうか。（一二三〜一二四頁）

この本にはそれに類することは何も書かれていないのだが、この本を書くまでに見田の考えたことが、前章で私が述べてきたようなことがら——没交渉のままの二つの近代二分論の流れ

を「統合」すること、そしてそこからありうべき一つの「問い」を現代社会の未来に向けた課題として取りだすこと——であっただろうことは、疑いないのではないかと思われる。彼がそれを、どこまで自ら意識していたかは定かでないが、その思考は明らかにそれだけの射程をカバーし、そのことに照準している。「はじめに」で、彼は述べている。

　現代の社会の理論は、この現代の情報化／消費化社会の、光の巨大と闇の巨大を、ともに見はるかすものでなければならない。

　情報化／消費化社会の「光の巨大」に目を奪われる「現代社会」の華麗な諸理論は、環境、公害、資源、エネルギー、南北の飢餓や貧困の巨大な実在と、それがこの情報化／消費化社会のシステムの原理それ自体がその「臨界」に生成する問題系であることを正面から見ようとしない。反対に、現代世界の「闇の巨大」を告発する多くの理論は、この現代の情報化／消費化社会の、人間の社会の歴史の中での相対的な優位と魅力と、その未来に開かれてある原的な可能性とを見ようとしない。

　現代社会の全体理論は、この情報化／消費化社会のシステムの基本的な構造とダイナミズムと、矛盾とその克服の基本的な方向を、一貫した統合的な理論の展開として、太い線で把握するものでなければならないだろう。（「はじめに」ⅱ頁、傍点引用者）

先に述べた開放系と閉塞系の近代二分論が、「光の巨大」の論理と「闇の巨大」の論理と呼ばれ、両者がたがいに没交渉のままに論理を発展させ、すれ違いを続けてきたことの指摘についで、それらを「ともに見はるか」し「一貫した統合的な理論」のもとに把握する必要が強調されている。

なぜ『ゆたかな社会』におけるガルブレイスの指摘は、ボードリヤールの消費社会論に批判的にひきつがれ、精緻化され、変容をとげたあと、拡散してしまうのか。また一方、なぜ『沈黙の春』におけるレイチェル・カーソンの警告は、『成長の限界』となって世に広まり、世界の「心ある」一部の人々に強く働きかけるのに、結局彼らを孤立させてしまうのか。

それは、彼らの理論が、一方の問題だけに目を奪われて、その対極にあるものを視野にとらえきれていないからではないのか。あるいは、その対極にあるものと、向きあうだけの勇気をもてないからではないのか。そのため、ボードリヤールの消費社会論は、地球の有限性に対しては脳天気なまでに楽天的に、「肯定を禁止しつづける」シニカルかつアイロニカルな言説に安住したままとなる。一方、『成長の限界』の論理は、一九二〇年代の「フォードの機能主義」と変わらない「ヴェブレン的な実用主義の精神」と「禁欲主義」、つまり「『消費社会』の一歩手前のところ」にとどまった（内田隆三『消費社会と権力』）、反消費社会的なエコロジー論の先に出ないのである。

持続的成長と「矛盾」

見田の『現代社会の理論』は、第二章でこの「成長の限界」の論理の問題について考えている。「地球の有限性」を考えるとき、「自由」を理念とする社会システムの「魅力性」を損なわずに、そこにある「矛盾とその克服の基本的な方向」を見定めるにはどうすればいいのか。「成長の限界」の論理の一歩先の地点で考察が行われている。

「成長の限界」の論理は、簡単にいえば、このままいけば遅かれ早かれ、地球は限界に達する、われわれは一刻も早くその対策に立ち上がらなければならない、というシンプルな形をしている。それは一言でいって禁欲的、機能主義的かつリニアル（直線的）な論理であり、このことはこの論理の根幹が、いわゆる「システム分析」によって作られていることの自然な結果でもある。

『成長の限界』は、七二年に最初の版が刊行されて以来、九二年に第二版『限界を超えて――生きるための選択』が、二〇〇四年に第三版『成長の限界　人類の選択』が出ていて、それぞれ、その時点での現状評価と将来再予測を行っている。第二版以降は、現在の大量消費・大量廃棄型成長から、小消費・小廃棄の「持続可能な成長」への転進、変革がより具体的に提言されるようになるが、改変の基本姿勢は旧版と同様の分析に基づくアプデート版のままで、考え方の深まりに伴う、分析方法の変化は加わっていない。

近年、その四〇年前以来の予測は外れたのではないか、というような指摘がなされているが（たとえば『フォーリン・アフェアーズ』二〇一二年七月・八月号のビョルン・ロンボルグ「環境心配性の今昔 ローマ・クラブの問題と今日の課題」）、それらの批判も、先の一九二〇年代以来変わらない「ヴェブレン的な実用主義の精神」と禁欲主義に立脚している点では、『成長の限界』とその論理と見通しを共有している。このままいけば化石資源はなくなり、環境は負荷に耐えられなくなるだろうという『成長の限界』の論理的な前提は、否定されていないばかりか、そのまま追認されてもいる。反論の中身は、その「限界」までの猶予が、たとえばシェールガスの利用が可能になった、新しい技術改良が加わった等々の理由から、一〇〇年から三〇〇年、伸びる、われわれは当分安心だ、贅沢もできる、というにすぎない。

『成長の限界』の分析が、その直前まで未来学者たちの依拠していた「システム分析」を基礎にするものであったことを思いおこそう。これからも、何らかの技術的打開と資源の発見がもたらされるたび、この未来学的な「成長の限界」批判は現れるに違いない。しかし、人間と世界への志向のあり方こそ逆だが、ある意味で、こうした成長至上論の論理と禁欲主義の論理、楽観的な見方と悲観的な見方は、それだけなら、同じ人間観に立つコインの両面なのである。

これに対し、見田の差しだしている「成長の限界」の論理への問いは、このゲーム規則ともいうべき人間観の根幹にふれている。「成長の限界」の論理は、地球はいつか限界に達する、これに備えなければならないという。でもこのようなリニアな「当為《すべし》」の論理、あるいは禁欲的な姿勢で、人は「生き生きと」生きていけるのか。

「持続可能性」について、第三版の『成長の限界　人類の選択』の著者たちは、「持続可能な社会とは、世代を超えて持続できる社会である。その社会を維持している物理的・社会的システムを損なわないだけの先見性と柔軟性、知恵を備えた社会である」という定義を与えている。しかし、この考え方の核心を伝えるのは、続けて彼らが紹介している、

持続可能な社会とは「将来の世代が、そのニーズを満たすための能力を損なうことなく、現世代のニーズを満たす」社会である。（三二四頁）

という「印象深い言葉にまとめ」られた定義のほうだろう。これは、ブルントラント委員会（環境と開発に関する世界委員会）が一九八七年に創出した定義だが、これを読んで、ほんとうにそれでよいのか、という反問が口をついて出るのは、そこに、あの「人はパンのみにて生くるにあらず」というイエスの言葉への応答が、やはり見あたらないからである。人はなぜ生きるのかということが、自分のこととして考えられていないのだ。では人は、なぜ生きるのか。どのように生きるのか。「ニーズ」は何のための必要なのか。その「必要」について、見田は述べている。

「必要」というコンセプトはふつう、最も原的なものであるように考えられている。「必要」として一般に社会理論で想定されているものは、第一に典型的には食料、それから、衣料と住居、衛生的な上下水道、基礎的な医薬品、普通教育のための施設や学用品、等々である。「ゆたかな社会」ではこれらに加えて、電話やテレビジョンなども「必要」の項目となる。

しかし、考えてみよう。

これらの基礎的な必要は、何のための必要だろうか。生きるための必要である。それから、快適に、健康に、安心して、楽しく、歓びをもって、生きるための必要である。

見田は、こう続けている。

生きることが一切の価値の基礎として疑われることがないのは、つまり「必要」ということが、原的な第一義として設定されて疑われることがないのは、一般に生きるということが、どんな生でも、最も単純な歓びの源泉であるからである。語られず、意識されるということさえなくても、ただ友だちといっしょに笑うこと、好きな異性といっしょにいること、子供たちの顔をみること、朝の大気の中を歩くこと、陽光や風に身体をさらすこと、こういう単純なエクスタシーの微粒子たちの中に、どんな生活水準の生も、生でないものの内には見出すことのできない歓びを感受しているからである。このような直接的な歓喜がないなら、生きることが死ぬことよりもよいという根拠はなくなる。

どんな不幸な人間も、どんな幸福を味わいつくした人間も、なお一般には生きることへの欲望を失うことがないのは、生きていることの基底倍音のごとき歓びの生地を失っていないからである。あるいはその期待を失っていないからである。歓喜と欲望は、必要よりも、本原的なものである。（一四〇〜一四二頁）

見田がこのくだりに続けていうように、「必要は功利のカテゴリーである。つまり手段のカテゴリー」にすぎない。人を動かし、「必要」に意味を与えているのは、ここで見田が正当にも述べているように、「欲望」と「歓喜」のほうなのである。『成長の限界』が私たちに突きつけることになったのは、本来矛盾を蔵した課題なのだという透徹した洞察がここにはある。なぜ人は生きるかという問いが投げ込まれると、有限な地球をどう生き延びるかという問いは「矛盾の器」となる。なぜなら、それは『成長の限界』の警告する「有限性」という新しい要素と聖書が述べる「人はパンのみにて生くるにあらず」という古くからある要素を直接にふれあわせ、化学反応を引き起こさせることだからだ。人はパンだけで生きるのではない。幸福を求めて生きる。欲望と歓喜をもって生きる。そしてそれらの本質は無限ということだ。でも同時に人はパンがなければ生きていけない。そしていまやパンは有限なるものとなった。パンの本質は、有限ということなのだ。

これが『成長の限界』が新しくもたらした私たちの未来の基本構図である。ここで地球の有限性と向きあっているのは、人間の「必要」ではない。そのもう一つ内奥に控える「欲望」である。ここにあるのはどう無限性を有限性の器に盛るかという、「矛盾」を含んだ要請なのである。

見田は、右の課題にふれ、バタイユの「至高性」という考え方を提示している。

バタイユによれば、労働者はその得た賃金でワインを一杯飲むが、それは「元気や体力を回復するため」でもあろうけれど、同時に、そうした「必要に迫られた不可避性」を「逃れようとする希望」をこめてのことでもある。そこには「ある種の味わいという要素」、「ある奇蹟的な要素」が混入している。そこに現れるものが、至高性である。

> それはまったくささいなことだ。が、しかし少なくとも一杯のワインはある短い瞬間、自分が世界を自由に取り扱っているという奇蹟的な感覚をその労働者に与える。（中略）そこに陶酔の原則があるのであって、その奇蹟的な価値に異議をさしはさむことはだれにもできない。（中略）われわれは生存するためにはさまざまな欲求《ブツワン》を充足させなければならない。が、しかし（中略）人間的な意味での欲望《デジール》の対象はそういう欲求よりももっと遠くにあり、それは私の言う奇蹟なのである。つまりそれは（中略）不可避的な必然性に定められた必要なものを超えた彼方としての至高な生なのだ。そういう奇蹟的な要素、われ

われの心をうっとりとさせる要素は、たとえばごく単純にある春の朝、貧相な街の通りの光景を不思議に一変させる太陽の燦然たる輝きにほかならないということもありえよう。
（『至高性――呪われた部分　第三巻　普遍経済論の試み』一一〜一二頁）

バタイユはこの例にふれ、「それは最も貧しい者」でも「時として深く感じとる」体験なのだとつけ加える（一二頁）。また、福音書の「人はパンによってのみ生くるにあらず」という言葉にもふれ、この言葉は「人間が神的なものによって生きる」ことを語っているのであり、それは「決して忘れられることのない真実であって、かりにほかのさまざまな真実があるにせよ、それらにもまして重きをなすのだ」という（一三頁）。

見田は、右のバタイユを一部引き、ボードリヤールのいうような物資の購買と消費（consommation）の概念は、バタイユのいう原的な消尽（consumation）の概念とは異なる。両者は、似て非なるものなのだという。ボードリヤールのいう無限の「消費」であれば、それは地球の有限性の器に盛り込むことはできないだろう。でもバタイユのいう「消尽」ともいうべきより深い「消費」が消費社会の根源に見出されうるなら、それは、「最も貧しい者」の容れ物に「無限の欲望」が盛られうるように、有限性の器に盛られえよう、と考える。

そのうえで、彼は、バタイユとは「対極的な資質をもつ思想家であるイヴァン・イリイチ」の「自立共生的（convivial）」という概念をひいて、この矛盾の克服のみちすじは、本来的にはイヴァン・イリイチによってより論理的に示されているのだが、それをより深く実現するのは、イリイチの道ではなく、むしろこのバタイユの道だろう、という。

> バタイユは、この単純な至福という経験のエッセンスの地に、禁欲の道をとおしてではなく、それとは反対の道をとおして到達している。歓びの追求ということをとおして、ただしほんとうに不羈の仕方で、どんな流通する観念にも拘束されることのない仕方で追求することをとおして到り着いている。(一六八頁)

見田によれば、ここに現れている要請に応えようとすれば、禁欲の道ではなく欲望の道を通って進むことが、より深い応答となる。人はどう生きるか、ということまで考えれば、ここから問いは、有限性の世界を、人はどう生きるか、というものとなる。見田は、そういうが、その答えの方向は、欲望と幸福と自由の側からでなければ模索できないだろう、と考えるのである。私は、ここではこれ以上、見田の考えを追わない。ただ、この見田の考え方に立てば、先の「印象深い」持続可能性の定義は、こういいかえられなければならないだろうと考える。持続可能な社会とは何か。それは、

> 「将来の世代が、そのニーズを満たすための能力を損なうことなく、現世代の欲望をみたす」ことをめざす社会である。

と。そこには「矛盾」が現れ出ている。見田は、この「矛盾」を直視することがそれを「克服」する道に踏み出す第一歩であることを、本の最後に示唆しているのである。

Ⅱ　有限性の近代を生きる

3　近代と産業

大地が揺らぐ

私はこのあいだ、こんな新聞記事を読んだ。

フィンランドで、有史以来地震の記録のない約一八億年前に形成された厚さ五〇キロの結晶質の岩盤中に、世界初の核廃棄物最終処分場が建設中である。オンカロと呼ばれ、二〇二二年から処分を開始する。そこには「数万年後には」氷河期がきて、「2キロ程度の厚い氷が張る」と予想されている……。（青野由利記者「フィンランド・『核のゴミ』事情」毎日新聞、二〇一三年二月二六日）

人類が原発を使うようになって、60年。その間に大量の核のゴミが生み出された。無害になるまでの10万年は、「人間の時間」というより、「地球の時間」だろう。氷河期、巨大隕石の落下、火山の大噴火など何が起きても不思議はない。福島原発事故のきっかけとなった地震も「地球の時間」で起きる。１０００年に1回、1万年に1回の確率を、「人間の時間」で考えるのは難しい。（「3・11後のサイエンス」同前）

一〇万年後。

もうその頃、人類はいないだろう。絶滅しているだろう。だからこれを「汚染」というのが適当なのかどうかも、わからない。「汚染」というからには除染者がこれを取り除いた後も生きていなければならないが、文字を手に入れてからまだ数千年しかたたない人類が、この後、元通りになるまで一〇万年かかる「汚染」消去後の世界まで生き延びるとは、なかなか考えにくい。

また、「除染」とはいえ、そもそも放射能の「汚染」が「除かれる」のですらない。汚染物質は、ただ置かれる場所を移動するだけだからだ。半減期を縮めるという話もあるが、たとえそういうことが可能だとしてもそれは放射能の発散を早めることで目標を達するわけで、放射能による「汚染」の総量は変わらない。

こういう半永久的な汚染を「汚染」と呼べるのか。それはむしろ、何か根源的なものの変容、変化として受けとめるべきできごとなのではないだろうか。

ここで壊れているのは、人間を産みだした「大地」と、人間が産みだした「雲」との審級関係、一対一の関係である。これまでは「大地」が「雲」を審問していた。しかしいま、逆に「大地」が「雲」に審問されようとしている。

「過失」と「弁済」の一対一対応の関係の関節がはずれているようだという、この考察の冒頭に見た感触は、おそらくはこの不動の大地たる現実への信頼の「揺らぎ」と響きあっている。私たちはあるときから、自力では「弁済」できないほどの「過失」を犯しうる存在になった。広範な原発事故による放射能汚染――この場合、三・一一の原発事故のそれ――は、たぶんそのことを思い知らされる、人類にとって何度目かの、そして少なくとも私にとっては決定的な、指標を意味していたのである。

ここに起こっているのは、どのような人間的な事態なのだろうか。

私たちは、何を信頼してきたのだろうか。

そして何への信頼がいま、私たちの中で損なわれようとしているのだろうか。

この大地を私たちの生存の場所に重ねれば、それは、こういうことである。私たちは、いろんな問題が起こっても、何とかなるだろうと思ってきた。でも今回のような解決策の見つからない問題の出現を前にして、たぶんはじめて、さあ、どうしようか、と思っている。そのような意味で、私たちは、これまで信頼してきたものが、このたびは、もはや信頼に応えてくれないのではないかと不安に感じている。

また、この大地を現実に重ねれば、それは現実の認識が、変容を求められているということである。それは、現実がもはや現実らしく感じられなくなるという、あの現実感覚の喪失とはまったく違っている。現実の感覚がなくなること、つまり現実がリアルに感じられなくなるのは、そこに確乎とした現実の認識があるからではないだろうか。現実感覚の喪失とは現実が存在するという認識と、それがリアルに感じられないという感覚のあいだの齟齬、認識と感覚のあいだの食い違いの意識にほかならない。認識はある。それで感覚の減衰が不安をもたらすのだ。でも、いま起こっているのは、感覚の減衰とか変容ではなく、その現実が、どうもいままで思っていたようなものではなかったらしいという認識上の動揺である。大地の不動性と自明性の消滅は、これまでの現実認識が誤っていたという考えを導く。それはこれまでの現実認識を変えなければならないという要請なのだ。

人類は、自分よりも長く生き延びる「汚染」を作り出すことで、自らが「有限」の存在であることを明らかにしたのではないだろうか。そしてそれは、約七〇年前の原子力エネルギーの登場によって新たに起こった事態だったのだが、そのことの人間にとっての意味が、いまようやく、三・一一の原発事故を機に、問われようとしているのではないだろうか。

今回の事故は、社会全体を動かしている。その影響は日本社会の全域に及んでいる、とそう、私は感じている。そしてこのことは、このできごとが日本社会に特有の事例ではない以上、世界の突端部分で起こっている変容を意味しているだろうとも考えている。

間違っているだろうか。

私の考えでは、このたびの事故が私たちに差しだしているのは、人間が先の新聞記事にいう

「人間の時間」を超える存在を作り出したことの、人間的な意味とは何か、ということだ。チェルノブイリ原発事故と福島第一原発事故の違いは、前者が放射能汚染の社会的意味を私たちに突きつけたのに対し、後者が、今度はその人間的な意味を問うものとして現れていることなのである。

原子力か、近代か

そこで何が新しく起こっているのだろうか。

直接に事故後の社会にこうした変化をもたらしたのは、原発事故によって再び浮上することになった原子力技術の安全性に対する根本的な疑念である。

その内容は、たとえば経済学者の伊東光晴が三・一一の原発事故の後に「脱原発に向かわなければならない理由」としてあげている、

「原発に従事している従業員の被曝」
「危険な放射性廃棄物の累積」
「事故」のリスク

の三点に要約される（「経済学からみた原子力発電」『世界』二〇一一年八月号）。

ところで伊東のあげている三点のうち、第一の原発労働者の労働が非人間的な状況のもとに遂行されているという問題は、今回の事故で再びスポットライトを当てられた重大な事実であるとはいえ、すでに一九七〇年代の末から指摘されている（たとえば堀江邦夫『原発ジプシー』一九七九年）。また伊東もふれる、今回注目された平井憲夫の聞き書き「原発がどんなものか知ってほしい」にしても、早くも二〇〇〇年代前半には活字化されていた（『あごら』二〇〇三年七・八月号）。これらの著作の存在は周知とまではいえないにしても、関心ある人には一定程度、知られていた。

第二の原発の放射性廃棄物の処分方法が見つけられていないという問題も、語られるようになって久しい、なかば周知のことがらである。なかでも『スモール・イズ・ビューティフル』（一九七三年）のE・F・シューマッハーはすでに一九六五年の時点で、「原子爆弾」の危険性よりも「いわゆる原子力の平和利用が人類に及ぼす危険のほうが、はるかに大きい」と、その基本的な問題のありかを先駆的に指摘していた。「人間が、自然界に加えた変化の中で、もっとも危険で深刻なものは、大規模な原子核分裂である。核分裂の結果、電離放射能が環境汚染のきわめて重大な原因となり、人類の生存を脅かすことになった」。その一つは、その被曝に「直接放射能を浴びた人だけでなく、その子孫をも危険に陥れるような、今までの経験にない『次元』の危険があること」だ。そう述べ、彼は、右の一九七三年の著作にこう記している。

新しい「次元」の危険のもう一つの意味は、今日人類には放射性物質を造る力があるのだが——現にまた造ってもいる——いったん造ったが最後、その放射能を減らす手だてがまったくないということである。放射能に対しては、化学反応も物理的操作も無効で、ただ時の経過しかその力を弱めることができない。（中略）放射性物質を安全な場所に移す以外に施すすべがない。（『スモール・イズ・ビューティフル』一七九頁）

前記の伊東光晴も、これまでの原子力発電の論議の「主要な点のひとつ」は、「その廃棄物を処理する技術が存在せず、しかもプルトニウムのように、自然界に存在しない極めて有害な放射性物質を、何世代にもわたって大量に放置せざるをえない産業を認めてよいのか、という意見と、その処理技術の開発を将来に期待するという希望的意見の対立」であった、と述べている（伊東前掲、一七五頁）。

そして第三の原発の「事故」のリスクも、知識として知られ、話としても目新しいものといえない。今回の事故は深刻な原発事故としてはスリーマイル島原発事故、チェルノブイリ原発事故に続く三度目の事例である。また、被害者数とその範囲の広大さ、激甚さからいえば明らかに今回を上回る未曾有の規模の事故を、私たちは二七年前にチェルノブイリ核災害として経験しているからである。

これらの事実は、この度の事故のなかに、これまでに知られなかったものとして新たに加わった知識が（少なくとも枢要なものとしては）何一つなかったことを示している。ではなぜ、事実として、知識として、情報としては旧知のことがらだけで成り立っている今回の事故が、これまでにない現実認識の改変を促すものとして私に、あるいは私たちにやってきているのか。

考えられる答えは二つしかない。一つは、これまでそれらは海の向こうのできごと、対岸の火事としてしか私に、あるいは私たちに受けとられていなかった。原発事故は、今回、わがこととして受けとめられてはじめてその意味の重大性を露わにし、それにいま、私たちは震撼されているのだ、というものだ。しかし、もしそうなら、この事故の衝撃と再燃した原子力技術への疑念、またそこからやってきた反省は、時間がたつにつれて、再び風化し、薄れていくことだろう。そして、チェルノブイリの場合と同様、一部の人の意識を変えはするものの、全体としてはやがて忘れさられ、核事故のリスクの増大と核技術の重大な危険性を再び証し立てた事例として歴史に名をとどめることで、役目を終え、消えていくに違いない。

これに対し、もう一つの答えは、今回の事故が、知識としては新しいものを含まないままに、それでも新しい知見を私たちにもたらしている、というものである。その場合は、その知見は、私たちのうちで、今回の事故をきっかけに、また手がかりに、新たに構成されたものだと、しなければならない。

そして私は、今回の事故は、その内側にこと改めて新しい要素を含んでいるわけではないが、そうではないままに、チェルノブイリ事故から二五年をへて再度起こった大規模な核災害として、私たちとの関係のなかで——人間的な問題として——新たな意味をもち、私たちに新たな知見をもたらすことになったのだと、ここで考えようとしている。

その新たな意味とは、今回の事故を、原子力エネルギーの行使をめぐる重大なできごとであるという以上に、近代の帰趨をめぐる重大なできごととして受けとめよう、ということである。

先の大地と上空（雲）の審級関係、人間を作り出したものと人間が作り出したものとの審級関係を揺るがしたものは、原子力エネルギーの出現である。それが、原発の過酷事故を通じて、「大地」の不動性ともいうべきものに疑問符をつけた。けれども、原子力エネルギーという未曾有のものが出現したために、原発事故が起こったことから、世の中の見方が変わったというなら、それは正確ではないだろう。原子力エネルギーは、ある日突然現れたのではない。それは近代の進展の果てに生まれるべくして生まれた、一種必然的な近代の産物だからである。

するとこうなる。チェルノブイリ事故が原子力エネルギーの生産と利用がもつ本質的な危険性に私たちの目を向けさせたとするなら、福島第一の事故は、原子力エネルギーの出現をもたらした近代の本質、さらには文明の本質をも問い直す契機として、ここに現れることになったのだ、と。

そこに一九八六年と二〇一一年の二五年の違いがある。その間に、私たちが一九九一年のソ連邦の消滅と、二〇〇一年のニューヨークでの同時多発テロを経験していることの意味も、あるだろうというのが、私の考えなのだ。

それではそれは近代の本質に関わるどのようなできごと、どのような契機なのだろうか。それは近代を近代でなくする根底的な契機なのか。それとも近代の内部に起こった、あくまで近代の枠内にとどまる変化なのか。

そのことを考えるために私は先に、少し遠回りをした。

この間、二〇世紀後半に現れた新しい思想を大きく近代二分論として括ってみる。すると、まず、これらが大きく二つのあり方に分けられ、しかもその双方がともに世界を片側からしか見ていないという姿が、見えてくる。つまり、「ゆたかな社会」の論からポストモダンの論へと続く流れは、世界を内側から無限性の相で見て、人間の生をその無限性の上に基礎づけようとしている。一方、『沈黙の春』から『成長の限界』へと進むもう一つの流れは、地球を外側から有限性の相で見て、人間の生をその有限性の上に基礎づけようとしている。

ここに、おそらく同じような推論のみちすじをたどり、この二つの考え方を「ともに見はるかす」全体理論を作らなければこの先に行けないと考えた、見田宗介の先行者としての足取りが浮かび上がってくる。

見田は、最終的に、問題は、地球という有限性の容器にどう人間の可能性という無限性を盛ることができるか、という形をしていると、この問いを要約していた。

しかし、この見田の全体理論それ自体が、きわめてすぐれた達成であるにもかかわらず、十全に人々に受けとられ、世の考えを変えるにいたらなかったのはなぜか、そういう問いもまた、ここからは出てくる。

後に述べるように、考えられるこの問いに対する答えは、次のようなものだ。そこで有限性は「外部問題」と語られ、つねに外からやってくる「地球の有限性」としてしかとらえられていない。そして内部の「北」の社会は、消費化と情報化という可塑的で原的な可能性をもつ要因を内包するとされながらも、それ自体はなお無限の空間として考えられている。それでは、「北」に住む人間の多くが、いましばらくは大丈夫だろう、また、この消費化と情報化を核とする未来に、小消費・小廃棄の新しい方向を見出すことも可能だろうと、「ヴェブレン的な実用主義の精神」で、楽天的に考えるようになったとしても、不思議はない。

かつて『成長の限界』からの警告を前に安心したように、見田の『現代社会の理論』の透徹した問題提起に対しても、人々がまだこれをわがこととして受けとめないだけの理由を、見田の著作自身が、自分の中に抱えているのである。

しかし、その有限性は、外部から地球の有限性としてやってくるだけではなく、「北」の産業社会のただなかからもやってくるのではないか。「北」の消費化社会自身が、その内部に限界をもっているのではないか。それが、今回の限界を超えた産業事故としての原発災害の意味だったのではないだろうか。

つまり私には、今回の原発事故を、より広義の大規模で過酷な産業事故としてとらえ直すことが、そこから新しい知見を構成し直し、これを近代と脱近代という文脈のもとに置き直す上での、手がかりになると思われたのである。

『現代社会の理論』と産業への信頼

見田の『現代社会の理論』への唯一の不満も、このことに関わる。

見田の理論のなかで「有限性」は「地球の有限性」と語られ、内に北の内部の貧困問題を含むとはいえ、基本的に資源、環境、食糧（人口）、そして南北格差といった外部問題として考察される。そして、これに対するのが、情報化／消費化社会の「自己準拠系」、つまり「自分で自分を支える」ところのオールマイティをもつ資本制システムからなる内部空間である。しかし、この内部空間の本質は洗練された外見にもかかわらず、生産中心の原理の貫徹にほかならない。その結果、この内部の無限成長空間は外部の有限問題と衝突する。「地球の有限性」とは「北」の社会にとっての外部問題だというのが、この本の基本の構えなのである。

しかしそれでよいのだろうか。「有限性」の限界が、ただ外からくるだけというなら、それは結局、なかに住む人間にとっては、よそごとということになるのではないだろうか。「地球の有限性」の問題が外から迫ってくる。これに対し、「北」に住む人間のうち、こうした問題に意識的な人間は、そうだ、こうしてはいられない、と思うだろう。しかし多くの人は、実際に困難が生じるまでは、なに、何とかなるだろう、まだしばらくは「消費社会、情報化社会」は安泰だろう、と思うだろう。人を動かすのは「欲望と恐怖」だと『リヴァイアサン』のホッブズはいっている。人は、自分の暮らしに困難が及ぶとき、はじめてこれを除こうと立ちあがる。危機が内部的なものになるとき、それは人を動かす。そうでなければ、動かない。つまり「欲望」に関してはしっかりと踏み込んでいる見田が、その否定的で受動的な側面、「恐怖」に関してはあまり踏み込んでいないことが、私には不満だったのである。

また、「南」のことや、自分が死んだ後のことまでは構っていられない、自分の明日のことを考えるので精一杯だという人も、多いはずである。

ここで断っておけば、私は、このような、「私利私欲」ともいわれるような欲望の原初的なありかたには、近代の本質が埋まっていると考えている。それは人間にとって、どんな場合も否定されるべきではない、欲望の「根」であろうと考えている。見田もまた、そう考えればこそ、有限性の世界をどう生きるかという問いは、バタイユの「不羈の道」を第一義に考えるのがよいというのだと思う。「私利私欲」が発現されたために、世界史的にいえば、中世の秩序が崩れ、近代がはじまった。「欲望」の関係性起原を唱えたポストモダン思想も、この欲望の原初的単一性を、まだ十分には解体できていない。もしここに、このような理念的な「私利私欲」の徒を設定し、「北」の世界に投げ込めば、彼は、オレには「地球」も「南」も関係がないと、――そう、あのドストエフスキーの地下生活人のように、「おいしいお茶」が飲めればそれでいいのだ、とも――嘯くことだろう。そこで私は、この「私利私欲」の徒をもってしてなお、ああ、それなら問題だ、うかうかしてはいられない、と思わずにはいられないような理路で示されるのでなければ、この見田の課題も、普遍的なものとならないのではないか、またこの「私利私欲」がいわば前を向いたまま自ら解体される理路が示されるのでなければ、見田のおいた問いは解かれたことにならないのではないか、とそう考えるのである。

つまり、この有限性は、「北」の消費社会のただなか、産業資本主義の内奥から出てくるのでなければ、弱いのではないだろうか。「北」の社会に内在的な、そういう有限性でなければ、説得的ではないのではないだろうか。

しかし、翻っていえば、この不満のゆえに、今回の原発事故は、私をこの見田の考え方にもう一度連れ戻すできごととなった。

私は、三・一一の事故をへて、保険打ち切りなどを見聞するうち、これが産業事故として、ある限界を超えているのではないかと思ったのだ。ここに「地球の有限性」ならぬ産業資本システムの有限性が、見田の指摘しなかったような間隙を縫って、露出しているのを感じた。そこでは「有限性」が消費化社会の無限空間の内側から来ている。

保険がきかない。そういう事態が起こっている。その背後に見田のいう「闇の巨大」とは異質の、産業施設の「リスクの巨大」と「予測不可能性」という問題が控えている。だとすればたとえ資源が大丈夫でも、環境が大丈夫でも、つまり「地球の有限性」に問題がないとしても、それでもなお、現在の産業システムはこのままでは立ちゆかない、というべきなのではないだろうか。見田の理論の基本構成を超えて、いまや「北」の世界のただなかに、有限性の問題が生まれてきたことになるのではないだろうか。つまり私は、このたびは有限性が「リスク」となって産業システムの屋根を破り、内側から顔を突き出すのを、見たと思ったのである。

なぜ今回の原発事故の差し出すものが、原子力の問題だけでなく、また環境破壊と資源枯渇の問題だけでなく、近代の問題でもあるのか。そこまで遡及し、広がらなければならないのか。そう考えると、世界の有限と人間の無限の接点をなすものが、産業という人間の活動であることが見えてくる。

もう一度考えてみよう。

なぜ一九六二年以降、この半世紀間、さまざまな形で「地球の有限性」について多くの警告が発されてきたのに、私たちはのんびりとこれを受け流すことができていたのだろうか。

レイチェル・カーソンの『沈黙の春』（一九六二年）、ローマ・クラブの『成長の限界』（一九七二年）、ほかにも、E・F・シューマッハーの『スモール・イズ・ビューティフル』（一九七三年）、イヴァン・イリイチの『エネルギーと公正』（一九七四年）など、説得的な代案（オルタナティブ）と思考の試みが、特に一九七〇年代初期の石油危機、エネルギー危機以降、次から次へと現れてきていたことが、いまになるとわかる。それなのに、私たちの生き方と考え方は大勢として変わらなかった。それはなぜだったのだろうか。

三・一一の事故は、当初、私にそういう反省を強いた。なぜ、自分は化石資源が無限にあるわけでもなく、地球環境が無限の許容度をもつわけでもなく、人口がこのまま増大し、世界全体が豊かになるとすれば、あと数個、地球が必要になる、という指摘がなされているにもかかわらず、安堵していたのか。安心できていたのか、と。

そして、自分の心を外套のポケットのように裏返し、仔細に調べてみて、その理由を見つけた。私は、たぶん、漠然と、地球の未来に関しては、いわば「人類の叡智」ともいうべきものが発動されて、私たちを安寧な結論へと導いてくれるだろうと心のどこかで思っていたのである。


「人類の叡智」とは何だろう。

それはさまざまでありうる。

しかし、産業革命から二世紀半近くを過ぎ、はっきりとした「人類の危機」に対し、私たちが「人類の叡智」で対処しようと考える、その時その中核にひそんでいるのは、「産業への信頼」であり、そのまた内奥をさぐれば、その底にあるのは、技術革新というものへの期待なのにすぎない。

私に限らず、大多数の現代人の心の底にあったのは、技術革新がまたなされれば──何か新しいエネルギーが現れれば、あるいは新技術が発明されれば──、何とかなるだろう、というほとんど無意識に近い、産業と科学技術への素朴な信仰であり、ゆるぎない信頼なのである。

それが、一九四五年に原子爆弾が発明され、突如私たちの認識の地平が揺るがされた、そのことの後遺症、トラウマでもあるのだ。そして、そのある意味では途方もなくあっけない、私たちの内なる玉手箱、あるいはパンドラの箱を、三・一一の原発事故は、開いたのだ。

ところでこのことは、それほどまでに私たちは魂の奥底から「近代」人なのだということを、語っているだろう。私たちの生きる世界と社会が、私たち自身を含めて、「近代」にどっぷりとつかっており、現在の環境汚染、資源枯渇、原子力と私たち自身が、もはやそれほど容易には切り離しできないことを、示しているだろう。

今回の事故からそのことがわかったのは、皮肉なことに、原発事故に遭って、産業資本制のシステムの臨界点が「外」からだけでなく、「内」からもやってきうることに、気づかされたからだ。産業は──したがって近代は──、もはや万能ではないらしいことを、正しくこの順序で三・一一の原発事故は私に教えたのだが、先に記したように、そこではじめて私は、自分が現実を信頼しており、その信頼の一つの意味が産業への信頼にほかならないことに気づき、ある意味、茫然とするほかなかったのである。

産業事故の浮上

今回の事故は、保険業界に見放された。いったん事故を起こした原発は、極めて脆弱だからだ。でもこれは、例外的な事態かといえば、そうではない。大規模な産業種別と保険の関係については、この稿を書き起こしてから、先に引いた伊東光晴がすでに一九八六年、チェルノブイリ事故を受けてきわめて踏み込んだ考察を行っていることを知ったが、そこで伊東は、巨大技術の安全性をはかる最善の判断基準は、「資本主義のメカニズム」のもとでは、これを保険がどう評価しているかを見ることによって得られる、と述べている。伊東によれば、「戦後、保険対象とするかどうかで問題となった」のは原発だけではない。「大型ジェット旅客機、マンモス・タンカー、そして原子力発電の三つ」である。これらの安全性（危険性）は、それが「保険対象になったときの保険契約約款の中に示されることになる。それが社会化された安全性（危険性）の唯一の尺度であるといってよい」（「巨大技術の経済学」『技術革命時代の日本――経済学は現実にこたえうるか』所収、一九八六年執筆）。

彼は述べている。一九八六年の時点で、この「保険契約約款」は、ジャンボ・ジェット機こそ商業化に耐える安全性を何とか認められているものの、マンモス・タンカー、原子力発電は、「通常の保険対象にはなら」なかったことを語っている。それらは結局、国際基金や国の補償による支援という「政治力」によって保険機構に組み込まれるが、後に見るように、マンモス・タンカーにはその後、排水量の上限が定められ、巨大化に歯止めがかけられる。つまり、伊東の指摘を踏まえれば、今回のできごとは、そのような規制を免れ、巨大化、高度化の一途をたどった果てに、原発が事故に遭った後、事故原発の保険が、国家の援助をもっても、もはや保険機構に引き受け手を見つけることができず、収拾作業、廃炉作業にも支障をきたすようになったという二十数年の前史をもつ事態だったのである。

これらの背後に控えているのは、必ずしも原発固有の事情ではない。なぜ事故がここまで過酷化したかといえば、一言でいって、産業技術の規模が巨大化し、かつ高度化するという趨勢が、たえまなく、一方向的に進展してきたからである。原発はその特異ではあるけれども普遍性を帯びた、一つの先端例にほかならないのである。

原子力発電所は、現在、実際に産業に組み入れられている巨大技術としては最も高度で、大がかりなものの一つである。そのうえ、事故を起こすと、放射能が洩れ出てくる。事故のリスクの数値化が難しく、被害と損害のリスクが膨大なのは、主にこの放射能のためだが、では放射能がなければその限りでないかといえば、――資本主義のメカニズムのなかで――むろん、そうはいえない。

世界に巨大過酷事故の被害の甚大さと、その「富の生産」の論理との非対称性を印象づけてきたのは、伊東が指摘しているように、一に一九六七年に起こった原油漏れ海洋汚染事故（トリー・キャニオン号の油流出事故）に端を発した巨大タンカーの油流出事故であった。また、同じく一九八四年にインド・ボパールで起こった巨大化学工場の爆発事故が、その悲惨さから史上最悪の産業事故と呼ばれている。

後にふれる著作の中で、技術史家の星野芳郎は、技術革新が停滞し、新技術が現れないと、いきおい「企業競争において生産性を競うさい、装置産業や輸送産業では、装置の大容量化や輸送機関の大型化高速化の方向をとらざるをえない」ことを指摘している（『技術革新』）。原発も最初は、出力が六万キロワット（一九五六年、イギリス）だった。それが一〇万キロワットになり（一九五七年、アメリカ）、日本で初の東海発電所が作られた際には一六・六万キロワットとなっていた（一九六五年）。そこから、大規模化、高度化が続き、福島第一の六基の原子炉は四六万キロワットから一一〇万キロワット（一九七一年〜七九年）、それより新しい福島第二の四基の原子炉はやはり一一〇万キロワット（一九八二年〜八七年）。そして現在新設が問題になっている大間原発となると一基で一三八・三万キロワットである。ほぼ半世紀で出力が三倍となっている。

今回の事故も、このような巨大化、高度化の趨勢の中で、古い施設の安全管理が世の中のニーズに追いつけなくなるという文脈のなかで起こっている。原発もまた、動態は、他の巨大技術と同じなのである。

このことは何を語っているだろう。原子力エネルギーは突然変異のようにして文明の中に現れたのではなく、原子力発電は、単独で産業界に存在しているのでもない。その本質こそ、放射能という他に隔絶した「力能」と「危険性」のうちにあるものの、それ自体は、近代の科学技術の進展のもと、国家の軍用と産業システムの中に生み落とされ、育ってきた近代の所産だということである。原子炉の製作世代が新しくなるにつれ、安全度は高まるが、それに伴い製造の費用が高騰し、依然として将来の運用に黄信号が点り続けているというのも、他方、老朽施設の安全性が漸減し、それが徐々に問題化しているというのも、産業システムの中にあるから起こることである。その大規模化、高度化が必然なのも、産業巨大技術として他の業種との、また同じ業種内で他社との競争のもとにあるからにほかならない。むろんほかの業種でも、同じ動態のもと、大規模化、高度化、高速化が進んでいる。そうだとすれば、原発ではなくとも、そこから発生する産業事故のリスクが、大規模化、巨大化、過酷化してくるのはことの必然というものだろう。ここでも私たちは、産業事故、あるいは巨大事故の先端例としての原発事故という像に出会っているのである。

ちなみに、いま「人類史上、最も被害総額の大きかった事故ワースト10」というものを手近にウェブから拾ってみると、こうなっている（labaq.com/archives/51123007.html 人的被害は除外）。〔編集部注〕

10位　タイタニック号沈没（150億円、1912年）
9位　ドイツでのタンクローリー車事故（358億円、2004年）
8位　メトロリンク列車事故（500億円、2008年）
7位　B-2スピリット爆撃機墜落（1400億円、2008年）
6位　エクソンバルディーズ号原油流出事故（2500億円、1989年）
5位　パイパー・アルファ海洋油田炎上事故（3400億円、1988年）
4位　チャレンジャー号爆発事故（5500億円、1986年）
3位　プレスティージ号重油流出事故（1兆2000億円、2002年）
2位　コロンビア号空中分解事故（1兆3000億円、2003年）
1位　チェルノブイリ原発事故（20兆円、1986年）

当然この新しいトップに福島第一原発事故がくる。チェルノブイリは一基の原子炉の事故だが、福島第一は四基の事故であり、人的被害を除外した場合、これ以上の損害が生じていることは確実だからである。右のリストはウェブ上の資料にすぎないのだが、しかし、ここから少なくとも次のことはわかる。つまり、一つは巨大産業事故の抜きんでたトップには、原発事故がくること（2位の約一六倍である）、もう一つは、第10位のタイタニック号沈没を除けば被害額甚大な産業事故のすべては、一九八〇年代以降に起こっていることである。産業は近代社会で先端部分が横に並ぶ形で進展する。したがって、事故は、産業のレベルが大規模化、高度化してくると、ある時期からいっせいに増加することが予想される。そして事実、一九八〇年前後を境に、それは幾何級数的に激増しているのである。

二〇世紀以降、革命的ともいえる技術革新の最新の例は、いうまでもなく原爆投下となって現れた一九四五年の原子力エネルギーの創出である。そしてこれに次ぐ画期的技術革新として、一九五〇年代から六〇年代にかけての宇宙技術、九〇年代以降のインターネットを中心とするコンピュータ通信技術の革命的な発明がある。これが多い数字なのか、少ない数字なのか、私には判断の材料がないけれども、ここからわかることは、革命的な技術革新とは、それほど起こらないということ、したがって大部分の産業部門においては、小規模のたえざる技術革新が大容量化、大型化、高速化という姿をとってなされてくるだろう、ということである。

このことから帰結するのは、論理的な帰趨として、次のような事態だろう。

ある企業がたとえば利潤を維持するため、二〇億ドルの利益を見越してある新技術の生産ラインを工場に導入する。しかし、それが事故を起こすと、二〇〇〇億ドル（一〇〇倍）、あるいは二兆ドル（一〇〇〇倍）を超える莫大な損害が生じる。にもかかわらず、その導入を決めるのは、むろんその設備の事故リスクが極めて低いからであり、導入による利潤が十分に高いからである。技術革新が高度化し、大規模化して起こることは、利潤が十分に上がり、安全度が一〇〇パーセントとはいわなくともかなりぎりぎりのところまで高まり、その一方、事故の際の被害額、賠償額がこれらに対し飛躍的に高まることである。この三者の均衡は、しばらくの間は維持される。そしてその間、利潤の追求は持続される。

しかし、そのことの絶対的条件は、事故が起こらないことである。事故が起これば、この均衡は、その後回復不可能となる。というのも、ここにある三つの函数、利潤、安全度、被害規模の三つのうち、そこでもっとも限度設定の拘束がなく、天井が高いのは、いったん事故発生となった場合の被害の大きさであり、逆に限度設定が決まっていて天井が低く、もはや伸びしろが見込めないのは安全度である。しかし、ほぼ絶対の安全とは何か。たとえばそれが一万年に一度のリスク、ほぼ一〇〇パーセントに近い程度にまで高められた安全度だとしよう。それはほぼ絶対に安全だが、翻って考えれば、それは、一度事故が起これば、再び均衡が回復するのに、あと一万年が必要となるということである。このことは、巨大技術の高度化の果てでは、一二〇パーセント安全をうたわれた技術が、いったん事故を起こせば、もはや均衡の回復がありえないことを語っている。

だとすれば、もしこの生産ラインが、このまま一方向に大規模化、高度化を続けていけば、いつかは、事故が起こり、事故が一度でも起これば、この利潤と安全度と被害リスクの三者の関係は、「破綻」するのではないだろうか。

この先に、それぞれの一対一対応の関節がはずれる時点がくるのは、必定なのではないだろうか。

それが破綻のポイントに達する前に、どこかで、画期的な技術革新が現れないと、そうなる。ここでも、いつかは、あの増改築を繰り返す屋根を破って、内部からモンスターがヌッと顔を出すのである。

その関節の脱臼例が、私の目撃した三・一一における福島第一の保険契約更新の打ち切りだったのではないだろうか。

さて、私はそう考え、一年前、さっそく産業事故について調べてみることにした。産業事故の被害額、保険種別、そこでのリスク予測確率、実際の事故発生の経験的確率などの比較、近年の巨大過酷事故がいつ頃から激増してくるのか、業種はどうか、ということなどを知りたいと思ったからである。しかし、産業事故に関する研究書、また新書、概説書というものすら、アマゾンにあたった限りではどこにも存在しなかった。どこかに災害人類学のようなものがあり、研究者がいるのではないかとも思い、調べてみたが、見つけるにいたっていない。伊東光晴が前掲の著作（『巨大技術の経済学』）に引いている一九八〇年日本原子力保険プール刊行の『原子力保険のあらまし』なる著作も、ウェブで検索する限り、大学図書館はおろか、国会図書館にも所蔵がない。少なくとも産業事故に関する限り、研究書、概説書、新書、入門書の類いは、どこにも見あたらないのである〔後注〕。

ここにも先の兆候が顔を見せている。私たちは、産業というものを信頼している。産業は公害をまきちらし、さまざまな問題を含むが、これがなければ私たちの豊かな、あるいは人間らしい生活は、維持されない。しかし私たちは、産業の作用の現れをどこにもかしこにも見ながら、ある意味でこれを批判しつつ、その存在を軽侮してきたのかもしれない。それに深く依存しながら、そのことを認めまいとし、その存在の文明史的な意味をなかば意識から追いやってきたのかもしれない。

いったん私たちがいかに根強く「産業への信頼」というものにとらえられてきたか、私たちの社会がいかに深く産業社会と資本制に根ざしてきたかに思いいたると、原子力エネルギーの出現をもたらしたものが近代科学であり、その背後にさらにその「近代」をもたらした人類の「自然史的過程」（マルクス）ともいうべきものが控えていることが見えてくる。また環境汚染と資源枯渇が、巨大彗星の接近のように突然外部から現れた「人類の危機」なのではなく、一八世紀以来の「近代」の科学技術と産業社会の発展からの必然的な一帰結であることが見えてくる。

ここに顔を見せているのが、「近代」の問題であり、「人間」の問題であるということがわかってくるのである。

〔後注〕

二〇一三年に右のくだりを書いた後、人に『原子力保険のあらまし』がある大学図書館に所蔵されていることを教えられた。また、「事故」というものに関し、いくつかの文明史的な著作が既に出ていることを知ることができた。なかで、最も私の問題意識に近い観点を提示しているポール・ヴィリリオは、二〇〇二〜〇三年にパリのカルチエ現代美術館で自身がプロデュースした「起こるもの（Ce qui arrive）展」カタログ、二〇〇五年の著作『原生的事故（L'accident originel）』のなかで、大要、次のような意味のことを述べている。

「現代文明をそれまでの文明と隔てる一つの明確な特徴は、速度である。この変容はたかだか一世代の間に起こった」。一九三〇年代の歴史家マルク・ブロックは、そう述べているが、ここから新しく生まれてくるもう一つの特徴が、「事故」というものの、これまでとは異なる未曾有の意味の変容である。事故は今日、以前とは異なる文明史的な意味をもつようになった。

（どのような社会もものごとを見るパラダイムを区切る「期待の地平」をもっており、ものの見方はそれが更新されることで一変するのだが――引用者）今日、この地平を一変させるものはできごととしての事故である。最初、それはできごととしての革命であった。フランス革命、産業革命、交通革命、ロシア革命がそうだ。次にそれはできごととしての戦争であった。二度の世界大戦、その後の核抑止による冷戦がそうだ。しかし第三のそれは、できごととしての事故である。チェルノブイリ原発事故や、今後ありうべき遺伝子操作にともなう事故がそうであり、巨大過酷事故がいまやこの地球に住むわれわれの生を脅かしている。(「起こるもの展」カタログ)

ヴィリリオはいう。アリストテレスは種子のように潜在力をひめたものの中に宿る力を潜勢態《デュナミス》と呼び、それが現れたものを現勢態《エネルゲイア》と名づけたが、いまや、ものごとの潜勢態を現勢化させるものこそが、事故である。「事故（accident）が実体をあらわにする」。つまり、事故によってそれが何者であるかが、はじめてわかる。

したがって、難破とは、巨大タンカーがじつは「何」であるかを現出させる契機である。それは、便利な原油の輸送手段というかりそめの外見をもっているが、その正体はカタストロフィックな海洋汚染の源泉だということだ。また、墜落事故は超音速機がじつは「何」であるかの答えである。さらに「チェルノブイリが原子力発電所の本質の現勢態であるというのも、全く同様である」。つまり、原発事故により、われわれは、原発というものがどういうものであるのかを、はじめて知ることとなる。事故とはそのような意味では、いまや、その「原罪」的な潜勢力を露わにするできごとであり、われわれが「戦争博物館」をもつようにいまや「事故博物館」をもとうというのは、根拠あることなのだ。

私の目に、ヴィリリオの議論はだいぶ大向こうを意識した演技的議論という外見をもつ。でもその基本は堅固な直観からなっている。彼が引いているのは、チェルノブイリであり、また一九七六年のイタリアの寒村で起こった巨大産業事故セベソ災害である。彼もまた、一九六〇年代、七〇年代に端を発し、八〇年代になって露わになる巨大産業事故の意味の変化に、明敏に気づいている。二〇〇二～〇三年のパリで行われた「起こるもの展」には、チェルノブイリの被害の深刻さとその人間的な意味を生彩ある筆致で聞き書きとして取りだした『チェルノブイリの祈り』（一九九七年）の著者スベトラーナ・アレクシエービッチが招請され、そこで、ヴィリリオと対談している。

〔編集部注〕底本刊行時の対米ドルレートに近いもの（1ドル＝100円）で換算。

4　リスクと有限性

ウルリヒ・ベックの『リスク社会』

八〇年代以後の巨大事故の頻発は、私たちにどのような視界の転換を与えているのだろうか。

八〇年代以降の時代の変化を振り返ってみれば、そうした指標がはっきりと見えてくる。ただ私は、三・一一の事故が起こるまで、そのことに気づかなかった。見田の『現代社会の理論』よりも一〇年ほど早く、一九八〇年代半ばに、ドイツの社会学者ウルリヒ・ベックが『リスク社会』と題した著作を発表している（邦訳名は『危険社会』だが、以後この本では出典表記を除き、原題に基づいて『リスク社会』と表記する）。そこで彼は、この巨大事故の頻発に刺激され、産業事故のリスクをはじめとする「リスク」の増大を、後期近代における社会全体の本質的な変化要因と見る、これまでにないリスク社会論ともいうべき論を提示している。これが一九八六年に発表されると、その直前のチェルノブイリ原発事故の衝撃とあいまって、学術書に珍しいベストセラーとなり、その後のドイツ社会に大きな影響を及ぼした。

そこでベックが述べることは、産業社会の進展のはてにその内側、ただなかから、野放図な成長と発展を阻害する解体と臨界の指標が、「リスク」の名のもとに生まれてくることを示している。ここでの論の文脈からいえば、それがいわば、私たちの論のつながりのミッシングリンクを埋める。

ベックは一九四四年生まれ。見田と同じく社会学が専門だが、一九三七年生まれの見田よりも七歳ほど若い。主に一九二〇年代生まれのフランスのポストモダン思想の担い手たち、また二九年生まれのドイツのユルゲン・ハーバーマスなど、私たちの知っているヨーロッパの著作家たちよりも一回り若い、日本でいえばむしろ私など、戦後生まれの世代に近い社会学者、思想家である。

『リスク社会』は、そういうベックにとって自分の考えを十全に展開させた最初の著作という位置づけをもつ。ドイツのこのような（当時）少壮の社会学者が、一九八〇年代半ば、新しい「リスク」の論を着想するようになった背景としては、むろん、八〇年代初頭のドイツにおける反核運動、反原発運動の高まり、緑の党の議会進出などの時代の流れを無視できない。でも私は、次に述べる理由から、この時期から前面に出てくる、先に見た巨大産業事故の続発という事態が、彼にこうした着想を促したものとしてはより大きな要因だったのではないかと考えている。

ベックの論は、やはり近代二分論の構えをとっているが、そこでポイントとなるのは「リスク」という概念である。彼は前期から区別される後期近代の本質を、社会での広く多様な「リスク」化の進行のもとにとらえている。ところでその主題は、八〇年代前半以前には、とりたてて彼の関心をひいてはいない。彼の著書の訳者である島村賢一の解説によれば、それまでベックは「職業社会学、労働社会学、社会的不平等の理論的、経験的研究」を主な研究領域とし、著作も大半が共著で、内容も、これらの「分野のものがほとんど」だった（『世界リスク社会論——テロ、戦争、自然破壊』訳者解説「ウルリッヒ・ベックの現代社会認識」）。

それが、この本で一転して「リスク」が社会変化のカギ概念として掲げられる。また、このやや急激な主題の展開に呼応するように、その本に用いられている著作、主張、出来事は、刊行にほど近い八〇年代前半のものが大部分を占めている。彼の思考を大きく「リスク」へとカーブさせたものとして、一九七〇年代初頭のエネルギー危機があり、さらに八〇年代に入ると巨大産業事故が続発してくる、という一連の流れが、大きく力を発揮したのではないか、という想定がここから生まれる。七〇年代のエコロジー的な思考の出現の先に、八〇年代、リスクという新しい概念が取りだされてくるという、前後二〇年間の内的な連環も、見えてくるのである。

もし、そのような想定が間違っていないなら、彼を決定的に動かしただろう巨大産業事故の一つが、先にもふれた、時代を画したともいわれる一九八四年のインド・ボパールでの米国ユニオン・カーバイド社子会社による化学薬品工場の爆発事故だったというのは、疑いえないところだろう。この年には、この事故を含んで大規模な産業事故が二度起こっているが、そのふたつともが、『リスク社会』には次元の異なる巨大産業事故の例として引かれている。

一つは、この年二月二五日に起こったブラジル最悪のスラム街といわれる「ヴィラ・パリジ」に隣接する石油工場の事故で、このときは、七〇万リットルの石油が低湿地に流出して発火、五〇〇人以上が死んでいる。火力のすさまじさから、小さな子供の死体は「火事の熱であとかたもなく燃えてしま」い、事故現場から見つからなかったという。

もう一つが、約九ヶ月後、この年の一二月二日深夜に起こったインド・ボパールでのこの事故で、このときは有毒ガスが近隣のスラム街に流れ、一夜にして二〇〇〇人以上、最終的に一万五〇〇〇人以上が死亡し、一五万人から三〇万人が被害を受けた。この事故は、ユニオン・カーバイド社の現地責任者が米国に帰国し、訴訟に応じないで現在にいたるという無責任ぶりでも悪名をとどろかせているが、これについては、インドラ・シンハの『アニマルズ・ピープル』など、小説を含む多くの関連の著作、調査報告書等が書かれている。いまもって解決を見ていない、史上最悪の産業事故の一つである。

原著から訳出された日本語訳の「はじめに」には、冒頭、「二十世紀は破局的な事件にことかかない」とあり、例として「二つの大戦、アウシュヴィッツ、長崎、ハリスバーグ（スリーマイル島原発事故）とボパール」があげられ、そこにもう一つ、刊行の直前に起こったばかりの「チェルノブイリ」が加わっている。「二十世紀」とは語られているが、いまの目から見れば、このうち、戦争期以外の三例が、それぞれ一九七九年（スリーマイル島原発事故）、一九八四年（ボパール化学工場爆発事故）、一九八六年（チェルノブイリ原発事故）と、この本の刊行に先立つ七年の間に続発している。この三つはいずれも産業事故である。革命でも、戦争でもないが、世界の「期待の地平」を変えるだけのインパクトをもっている。この序言自身が、彼に「リスク」というカギ概念を示唆し、彼をこの著作の執筆へと促したものがどのような社会の変化であったかを、傍証しているのである。

しかし、なぜそこから「リスク」が取りだされてくるのだろうか。

私の見るところ、ベックの発想は、二つの淵源をもっている。

一つは、巨大産業事故の浮上が示唆する、産業界のバランスがこのままいけば崩れるのではないか、という予感だ。

ところでそれはどういう、何と何とのバランスなのだろうか。

この本で彼は、「富の生産」という見えるものの反対側の秤に載るものとして、「リスクの生産」という見えないものの存在を発見している。

この本の冒頭近く、「富の生産」に並んで「リスクの生産」という耳慣れない言葉が登場してくる。彼によれば産業生産が進展すると、「富」とともに「リスク」という欲せざるものも「生産」されてくるようになる。そして両者のバランスが、やがてはコントロール可能な閾値を超えてしまう。「富の生産」に対する「リスクの生産」という新奇な概念を作りだすことで、彼は、ここで失われるものが一対一の関係のバランス、関節のつながりであることを示すのである。

　またもう一つは、この「リスク」が外から降ってくるのではなく、身から出た錆として内部からやってくるのだという認識であり、またそのことが新しい意味をもつはずだという直観である。この「リスク」は天災のように偶然、理由もなく社会に襲来してくるのではない。それはしっかりと近代のうちに根づき、そこから「生産」されてきた。そこから、この「リスク」はいわゆる地震や津波のような天災、つまり「危険」――外からやってくる災禍――ではなく、人がコミットしたものの見返りとして〝再帰〟してくるできごと――内からやってくる災禍――なのだという「リスク」の定義と、近代自体をこのようなダイナミズム（動態力学）のうちにとらえようという姿勢、つまり「再帰的近代化」という考え方とが、生まれでてくる。

　この再帰的近代化という考え方が、リスクと並ぶこの本の中心的な概念である。この考え方に立って、ベックは、「（富の）生産から消費（の生産）へ」というポストモダン流の近代二分論とは異質の、「（富の）生産からリスク（の生産）へ」ともいうべきもう一つの近代二分論の構成を提起する。そこでは、近代が、第一の近代から第二の近代へといわば「再帰的」に続く。ポストモダン論でのように対立しない。そこから次のようなベックの「再帰的近代化」の論が現れる。

　彼はいう。

　当初、近代は社会から貧困を撲滅し、人々に自由と平等を与えようというプロジェクトとしてはじまった。しかし、この目標が一定程度達せられると、今度は、同じことを推し進めることでマイナスの効果を生み出すようになる（それがベックのいう広義の「リスク」である）。産業は富と同時に、またこれを上回る勢いで、次には「リスク」を生み出すようになり、社会の各方面で、人々の紐帯は断たれ、平準化と個人化の趨勢が強まり、他方、科学技術は専門化の果てに僭主化し、従来の政治機構を無効化して、社会全体が「リスク」にみちた不安定なものとなってしまうだろう。これが彼のいう「リスク社会」の到来である。

ではどうするか。

近代は、ここに新しく現れた困難が自らの作りだしたマイナスであるという自覚に立って、負の連環から逃亡することなく、この再帰的な連環のうちに踏みとどまり、これを克服する方向に新しい目標を見出さなければならない。自分の作りだしたリスクの克服に向かうことが、今度は新しい後期近代の目標となる。これがベックのいう再帰的近代化という考え方である。

この本の第一部の冒頭は、こう書かれている。

先進的近代に入り、「富」の社会的生産はシステマチックに「リスク」の社会的生産を伴うようになる。貧困社会の段階においては富の分配に関する紛争と対立が問題だったのだが、新たにそこに、科学技術的な方面から生み出されたリスクの生産、定義、分配をめぐる紛争と対立が、つけ加わってくる。

貧困社会における富の分配の論理から後期近代におけるリスクの分配の論理へのこの転

> 換は、歴史的に見れば（少なくとも）二つの条件を前提としている。第一は、今日認められるように人類の技術生産力と法的かつ社会福祉国家的な保障と規定が、ある水準に到達し、素のままの物質的困窮が客観的に軽減され、社会から追放されることである。第二は、近代化の過程において生産力が幾何級数的に増大するとともに、危険と人間に対する脅威の潜在的可能性が、これまでにない規模で顕在化してくることである。（『危険社会』二三頁、英訳をもとに訳を一部改めた）

ここに見えている「富の生産」に対する「リスクの生産」という概念が、私の見方では、ベックのリスク論の一番大きなカギをなしている。産業が作りだす「富」は製品として、産業社会に出回る。それは手に触れ、目に見ることができる。一方、産業が作りだす「リスク」のほうは目に見えない。それは、産業が産業事故とか公害とか食品汚染などの問題を通じて人々に作用を及ぼすようになってはじめて、目に見えるものとなるが、しかし、目に見えるものとなってもなお、手にとらえられない。不確定なままである。つまり産業システムという近代社会の枠組みにおさまりきらない本質をもっている。

こう見てくればわかるように、ベックが「リスク」と呼ぶものは、先に保険や投資を念頭に見てきた——近代の所産でもあれば、近代をもたらしたものでもある——従来の「リスク」とは、異なっている。一部重なるものの、明確な違いをもち、よく考えれば、異なるというだけではなく、一部対立しさえしている。

しかし、ほんとうは、ここに提示されている「リスク」こそ、これまで見てきた保険や投資のリスクの生産性をもリスクに瀕させる、本来的な産業社会にとってのリスクなのではないだろうか。これまで見てきた保険、投資の「リスク」との違いに本質をもつ、近代それ自体を覆しかねない、重大な概念なのではないだろうか。

ここで断っておけば、これが三・一一をへて遅まきながらベックの著作の先駆的な意味に気づくことになった私が、いま、ベックから取りだす力点である。ベックが必ずしもこういうリスク観を彼自身のリスク社会論において展開しているというのではない。

私の考えをいえば、こうなるだろう。

これまで私たちは、産業社会から生み出されるマイナス効果を、環境破壊、それから資源の枯渇の危険のうちに見てきた。まず環境の問題に目が向けられ（一九六二年）、それからエネルギーの危機、資源の枯渇に対する警鐘が鳴らされた（一九七二年）。その後、浮上してきたのは巨大産業事故のもつ「リスク」の増大である（一九八四年）。ところで、このような流れにあって、いち早く、一九八六年、その「リスク」に量的な増大という意味だけでない、質的な転換の意味を見出し、産業社会の基本性格を変える新しい概念に手をかけたのが、このベックの『リスク社会』という本なのではないだろうか。

そのどこが新しいのか。

ベックの論を、近代二分論として見てみよう。すると、それが示しているのは先に述べたように「（富の）生産からリスク（の生産）へ」、つまり「生産からリスクへ」ともいうべき、新しい観点である。ポストモダン論は「生産から消費へ」、見田は、「生産から消費へ」プラスさらに「消費から消尽へ」、一方、「成長の限界」の論やエコロジーの論は大要、「生産から非生産（生産と消費の縮小）へ」という考え方で、二つの近代の推移ないしありうべき方向を述べてきたのだが、これに対し、ベックは「生産からリスクへ」と、これらと異なるまったく新しい基軸を提示している。

産業社会はこれまで富のさらなる生産をめざして近代を推進してきた。しかしこれからは、リスクがむやみに作りだされないよう（＝生産されないよう）、むしろ逆の配慮に立って、ブレーキをかける形で、その野放図な進行に制御が加えられなければならない。そしてそれは、近代と資本制システムと産業社会が生き延びるために、必要なことだとベックの論はいうのである。一見エコロジーの論と似ているかに見えるが、その制御の必要は、いわば内側から出てきている。その点で、これを自然の保護、地球の有限性への対処という外からの必要に対していうエコロジーの論、また見田の観点とは、違っている。

これを「北」の社会の限界問題として見れば、ここにあるのは産業生産に「臨界」をもたらす有限性の契機が実は「北」の社会のただなかに内在的に埋め込まれていたのではないかという、私が三・一一で手にした〝知見〟の、二五年早い先駆的な洞察の形にあたっている。見田の議論に、私は、有限性が外からくるだけでは「北」の私利私欲の徒を納得させられないだろう、と不満を述べたのだが、ベックは、私の不満に、「北」の世界に内在的に臨界の生じてくる可能性をリスクと再帰性という概念で跡づけることによって、すでに応えているのである。

もっともこれは、私がベックの論を私の文脈に引き寄せて評価しているのであって、ベック自身の観点とは微妙に異なっていることも、述べておくべきかもしれない。

ベックがいうのは、私の観点から敷衍すれば、「近代化の過程において生産力が幾何級数的に増大」していくなら、やがてはバランスが壊れ、産業システム内で「リスク」のもつ意味が、生産のもつ意味を上回ることになるだろう、そしてこの「リスク」が今度は生産の抑制因となり、産業システムの臨界を、内から作りだすことになるだろう、ということである。

しかし、ベックの論は、そのようには進まない。彼の論では、ここに生まれる「リスク」は、再帰的近代の生みだすマイナスを総称する概念へと一般化されて、そこから先、同種の「リスク」が社会の全般に拡大、浸透していくさまを克明に追跡する「リスク社会論」へと展開されていく。彼の議論は、「リスク」に重大な意味を見出しながら、それが産業社会の臨界を内から作りだす要因になるというようには進まず、その代わりに、いわば水平方向に拡散し、横滑りしていくのである。

また、彼がいうのは、私の観点から敷衍するなら、この産業社会の内部的臨界の露出と「リスク」の全面的な社会への浸透とにより、この先、近代に一つの有限性の課題が浮上してくるのは不可避だ、ということでもある。しかし、やはりこの点でも彼の議論は、そのようには進まない。ベックの再帰的近代化の議論にあっては、「リスク」の社会への全面的浸透は、その克服のために何が必要かという問題意識に統括され、これに立ち向かうことこそが第二の近代の目標だという方向へと展開するからである。つまり、彼においては、「リスク」は近代の限界、有限性の浮上という方向とは結びつかない。それは、「限界」としてではなくあくまで「内部的な困難」――身から出た錆＝再帰的なリスク――と捉えられ、再帰的近代化という考え方のもとで、それを近代の貫徹にむけ、克服していくべきものと語られるのである。

しかし、ここでベックは、もう一度いえば、彼の取りだした「リスク」概念の探究から、離れてしまっているのではないだろうか。そこに取りだされた産業事故へのリスクを原点とする「リスク」概念は、本来なら、近代的な「リスク」概念との比較考究をへてその異質さの根源を明らかにすべきなのだが、グラウンドで白球を追う彼の目は、一度太陽に遮られた後、「切れて」いる。彼の関心がこの方向に持続していくのなら、私たちは、近代社会が産業システムのもとで、ある段階まできて内在的にある有限な臨界にぶつかる動態と、その不可避であるゆえんを明るみに出せるかもしれないのだが、彼はそこで立ちどまり、――これはあくまで私の観点からいえばということだが――あらぬ方向に歩き出してしまうのである。

なぜベックが、巨大産業事故の続出という事態から「リスク」という観点を受けとりながら、それを「リスク社会」の論という水平的方向にのみ推し進め、私のいう「リスク近代」の論という垂直的方向への考究を行わなかったかは、それ自体、考えるに値する問題だが、それは後にとっておく。

ここで考えたいのは、もしこの先、ベックに代わり、ここに取りだされた「リスク」概念を近代的な「リスク」概念と比較し、その意味をリスク論として展開するなら、三・一一以後の事態の意味の解明にあたって、何が私たちに明らかになるのか、ということだ。この先、ベックからのヒントを受けとり、私として試みてみたいのも、そのことである。

リスクと『リヴァイアサン』

「リスク」について考えることは、私たちをどういう地平に連れていくだろう。それはまず、私たちを、「近代」の始点に連れていく。

「リスク」は、これまで少し見てきたように、近代と切っても切れない関係をもっている。たとえば、これを資本主義システムの観点からいえば、近代は、まず空間を均質化することによって市場形成の素材とし、市場の圧倒的な拡大に成功している。山の向こう、海の果てには何があるのか。かつてはそこには人間ならざるもの、神々、あるいは妖怪や魑魅魍魎のたぐいが住んでいた。でも、やがて地球が球体をなしており、太陽の周りをめぐっているなど自然科学的な知識が人々を動かすようになると、空間は均質化され、海の果てには、自分たちと同じ別の人間が住んでいて、しかも自分たちには希少な価値をもつものを彼ら自身はあまりありがたがらずに享受しているらしいという、新しい差異的世界観と交通の観念が生まれてくる。商人は、それこそリスクを冒して海洋に船を浮かばせ、遠国に旅し、貴重な物資を運んできてはそれを売って巨利を得ようとする。首尾よく獲得された利潤は次の船の建造への投資を促し、商取引はますます拡大していく。それをささえているのが、空間の均質化であり、これに促されたリスクを伴う市場の空間的な拡大である。

加えて、それと同じことが時間についてもいえる。中世期において、人間の時間は、現在と過去に限定されていた。また、時にそれは連環反復する動態のもとにあった。未来はその連環から外れた不確定なもの、いわば神の領域に属していたといってよい。でもやがて、時間の均質化の意識が強まってくると、未来に属するものの不確定性を数値化しようという試みが現れてくる。空間において大航海時代となって姿を現した不確定性への挑戦が、今度は時間において、未来への投企として浮上してくるのである。それは、ベネディクト・アンダーソンふうにいえば、時間の均質化をもとにした未来という時間範疇の、社会への、現在時への繰り込みを意味している（『想像の共同体』）。

その名も『リスク』と題する本の著者ピーター・バーンスタインは、その数値化の試みのもつ意味を、「未来を現在の統制下に置く」ことと述べている。これまでの「歴史」といまわれわれの生きている「現代」を区別するものは何か。彼によればそれは、「科学」でも「技術」でも「資本主義」でも「民主主義」でもない。

現在と過去との一線を画する画期的なアイデアはリスクの考え方に求められる。（中略）人類がこの境界を見出す以前には、未来は過去の鏡であり、漠然とした神のお告げとか予期しうる事態について独占的に知識を有する占師が闊歩する領域だった。（『リスク』

青山護訳、一九九六年、一三頁）

しかしここに、これまでにないことを考える一群の人々が現れるようになる。

本書は、未来を現在の統制下に置くためにはどのようにすべきか、という点について非凡な考え方を提示してきた人々について語っている。リスクをどのように理解し、またどのように計測し、その結果をどのようにウエートづけるかを示すことによって、彼らはリスクを許容するという行為を今日の西側社会を動かす基本的な触媒行為に変えていった。ギリシャ神話に出てくるプロメテウスが神に挑戦し、火を求めて暗闇に明りをもたらしたように、彼らは未来という存在を敵から機会へと変えていった。彼らの貢献によるリスク・マネジメント上の変革によって、人類は経済成長や生活の質的向上、あるいは技術革新を追求するよう動機づけられていった。（同前、一三〜一四頁、傍点引用者）

未来を現在の統制下に置くことが、近代的とされる考え方にとって必須の意味をもつのは、たぶんここで『リスク』の著者が考えているように、経済的なものにとどまらない。むしろそれに先立ち、政治的な意味、政治というものの近代的なあり方が生まれてくるためにこそ、「未来を現在の統制下」に置くことは、必須なことだったはずである。

政治の成立の前に社会の成立があると考えたルソーは、社会という考え方の起点に「契約」

というものがなければならないと考えた。その『社会契約論』のエピグラフに選ばれているのは、「対等なる条件の契約を提案せむ」というヴェルギリウス『アエネーイス』からとられた一行である。しかし、「契約」ならいざ知らず、「社会契約」が成り立つためには、ヴェルギリウスの時代では早すぎる。必要な条件がまだ十分には整えられていない。というのも、社会契約は、未来を含む、未来に向けての契約であり、それが成り立つには、「未来を現在の統制下に置く」ことができていなければならないからである。

そういうことを私は、ルソーに先立ってたぶん誰よりも早くこの問題にぶつかっただろうホッブズの『リヴァイアサン』を読んで、考えさせられた。「未来を現在の統制下に置く」ためには、まず「時間の均質化」が必要だが、それを思考の力で作りだすとはどのようなことかを、ホッブズの『リヴァイアサン』は、特にその前半部分で示唆している。言語行為論的にいえば、アンダーソンの『想像の共同体』は時代の変遷によって時間が空間化されるさまをコンスタティブ（事実確認的）に明らかにするのだが、それと、書物を書くことでパフォーマティブ（行為遂行的）に時間の空間化を実行し、時代を変えることとは、まったく違うことを、ホッブズの『リヴァイアサン』は私たちに教えるのである。

ホッブズは、『リヴァイアサン』をまず人間論（第一部「人間について」）という一見迂遠な考察からはじめている。でも、読み進めていくと、これが社会契約という考え方を導くためにホッブズの選んだやり方なのだということが、少しずつわかってくる。社会契約というあり方を導き入れるのに、まず、どのようにホッブズが未来に開かれた人間と、その考え方を創出しようとしているか、つまり「未来を現在の統制下に置くこと」のためにいかに苦心を重ねているかが、見えてくるのだ。

　冒頭ほどなく、彼は「推理」と「慎慮」とは違うといっている（第五章「推理と科学について」）。これだけ読むとよくわからないが、ホッブズのなかで、推理はreasonで1＋1＝2に基づいた自然科学的な思考、慎慮はprudence（慎重、分別）で、これまでの経験から得られた智恵、推定の力をさしている。

　ではこの二つはどう、どこが違うのか。慎慮は過去の経験に基づき、そこから妥当な判断を取りだしてくる判定力であり、ときに深遠な智恵でありうるが、これで未来のことを先に、先にと考え進めるのには向いていない。推理はこれに対し、1＋1＝2式に「部分のたし算によって総額を概念し」、2－1＝1式に「一つの額から他の額をひき算して残額を得る」という、判定の余地を排除した、一歩一歩石橋を叩いて渡る算数式の考え方である。推理の思考法のポイントは、ホッブズにおいては、けっして手続きを抜かさず、省かないことである。時間がかかるが、誰にもできる。またそこに推断という「飛び石伝い」を含まないので、間違いが起こりにくい。そしてもっともここで大事なことは、推理（reason 理性）を行使し、算数式に、科学的に、考え進めていくことで、われわれが現在自分の手にあることを1＋1＝2式に手抜きせずに考え進めるその延長で、そのまま、これを未来に延ばし、未来のことを先に、先にと考え進めていけるようになることである。

このことによってあきらかなのは、推理は、感覚および記憶のようにわれわれに生まれつきのものではなく、慎慮のように経験だけによってえられるものでもなく、勤勉によって獲得されるものだ、ということである。（中略）そして、感覚と記憶は、過去のとりけしえないものごとの知識であるにすぎないが、科学は、諸帰結と、一つの事実の他の事実への依存とについての知識であり、それがあれば、なにかほかのことを今後しようとするときに、あるいは類似のことを別のときにしようとするときに、われわれは、現在できることから、それをするにはどうしたらいいかを学び知るのである。なぜなら、あるものごとが、どういう原因にもとづいて、どのようにして生じるかを、われわれが知るならば、類似の原因がわれわれの手中に入ったとき、それに類似の諸結果を生み出させるにはどうしたらいいのかがわかるからである。（『リヴァイアサン』第一部第五章、水田洋訳、原文に基づき訳を一部変えた）

ホッブズは『リヴァイアサン』の第一部では、何よりこの未来を切り開く考え方の武器としての（自然科学的ないし算数式の、「子どもたち」にもひらかれた）理性行使の思考法と、過去の経験に培われた（深遠で「長老」的な叡智をもつ）慎慮に代表される中世以来の思考法とを対比しつつ、論を展開している。ほぼ小学校の算数式で、長老風の叡智に向かいあっている。ホッブズの意図は、どのようにすれば、構成員の一人一人が自分の自由の一部を譲渡して、主権者を作りだし、ひいてはコモンウェルス（契約国家）を樹立することができるようになるかを明らかにすることにある。そのためには、未来に向けて各人が自分の権利を譲渡する、――未来への投企としての――社会契約が必須の条件になる。私の考えでは、『リヴァイアサン』第一部の終わり近くに現れるコモンウェルス樹立にむけた自然法、契約をめぐる考察が記される第一四章まで、第一部前半のホッブズの主要な努力は、一にかかり、この「未来の創出」にむけられているのである。

ちなみに第一四章は、契約について述べるが、そこで契約は未来を含まない契約（contract 契約）と未来を含む契約（covenant 信約）に分けられる。前者は契約《コントラクト》、後者は信約《コヴナント》と呼ばれる。ホッブズにとってそれは、大事な違いである。

《契約とは何か》権利の相互的な譲渡は、人々が契約 Contract とよぶものである。
あるものに対する権利の譲渡と、そのもの自体の譲渡または交付、すなわちひきわたしとのあいだには、ちがいがある。すなわち、そのものは、現金での売買または財貨や土地の交換のように、権利の移行とともにひきわたされるかもしれないし、あるいは、それはいくらかあとになって、ひきわたされるかもしれない。
《信約とは何か》さらに、契約者の一方が、かれの側では契約されたものをひきわたして、相手を、ある決定された時間ののちに彼がなすべきことを履行するまで放任し、その期間は信頼しておくということも、ありうる。そしてこのばあいは、かれにとってのこの契約は、協定 Pact または信約 Covenant とよばれる。（同前、第一部第一四章、傍点引用

者）

コモンウェルス設立のための社会契約の要諦は、それが主権者に対する、構成員の、「主権者がなすべきことを履行すること」への信頼に基づく「信約」、未来への投企を含む契約だという点にある。そこには未来の契約履行にむけられた「信頼」がある。しかしそれは、裏を返せば「リスク」があるということでもある。「信頼」が『リヴァイアサン』の本文に現れると同時に、（言葉としては書かれていないが）「リスク」もまた浮上してくるのである。

「信頼」については、やはり前半部分で、こう述べられている。

> 信頼には二つある。一つはその人に対するもので、これは「信仰 Faith」と呼ばれる。もう一つは、その人に対するものと、彼がいうことに対するものと、——過渡的に——二つを含むあり方で、こちらのほうは「信頼 Belief」と呼ばれる。
>
> したがって、信頼（Belief）のなかには二つの意見があって、一つはその人がいうことについて、もう一つはその人の徳性についての意見である。ある人を信仰する（To have faith in）とか信用する（trust to）とか信頼する（believe）とかいうのは、おなじこと、すなわち、その人の誠実さについての意見を、あらわすのだが、「いわれたことを信頼する」というのは、その言辞が真実だという意見をあらわすにすぎない。（『リヴァイアサン』第一部第七章）

いわれているのは、契約が成り立つには人の徳性と人の言質（人のいうこと）の分離がなければならないということだ。ここで、ホッブズのもう一つの努力は、この「人となり」と「人の言葉」の分離に傾注されている。

契約が前提とするのは、その人がどうであれ、その人が行った言葉での「約束」がその人を拘束することへの信用である。その後、その人がどう変わろうと、あるいは約束を行った現時点で、その人がどうであろうと、とにかく彼は言葉での約束をした。だからそこで彼の「いったこと」は動かない（いった人間を拘束する）、という言葉の力への信用が相互間にないと、未来に向けての約束、信約の力は、生まれてこないのである。

先の「信約」のくだりは、こう続いている。

> あるいは、双方が現在契約して、これから履行するということもありうる。このばあい、きたるべき時に履行するはずの人は、信頼されているのだから、彼の履行は約束の遵守 keeping of promise あるいは信任 faith とよばれ、不履行は（もしそれが意志によるのであれば）信任の破棄 violation of faith とよばれる。（同前、第一部第一四章、傍点原文、一部を原著に基づいて変えた）

ここでいわれていることは重要である。この一対一対応が遵守された場合は、言葉が信用され、あるいは人間が信用される。つまり両者を重層させた信頼（belief）関係＝一対一の対応関係が、認証される。ところが一方、これが遵守されないときには、（人への信は不問に付して）約束の破棄としてその一対一関係のなかで、相手を責める、相手に不履行の損害賠償を求めるというのではなく、その前段階で、相手の人への信（faith）自体が解除され、もう信用されなくなる、つまり一対一対応の認証関係それ自体が、解消される、というのだ。

信任の破棄とは、その人をもう相手にしない、ということだ。もう相手にしない。失格者相手だから、もう賠償も求めない、となるのである。

ここからわかることは、約束を破り、責められ、賠償を求められるうちは、まだよい、ということだ。そこでは、一対一の対応関係は、まだ存続しているからである。しかし、信任の破棄となれば、その先まで行く。今度は、その大もとで、一対一の対応関係の関節が、はずされる。すると、神経の死んだ虫歯がもう痛まないように、約束を破ったものは、損害賠償も求められない。相手にされず、ようやく作られた信約の関係が、ゼロとなる、水泡に帰すのである。

ここには、言葉とその人自身とは違うという言葉の独立の意識の芽生えが見られる。そしてその人の人となりへの信頼つまり「信仰」（Faith）に対する見切りを含む、言葉と人の剝離の意識の発生が認められる。それは、逆からいえば、相手がどんなに信用ならない人間でも、契約をしたからには、その人間への判断を離れて、その契約には信頼を寄せる、というクールな人間関係（契約関係、信約関係）が現れてきたということである。そういうある意味クールなあり方——ビジネスライクなあり方——つまり萌芽的なゲゼルシャフト(契約社会)の基盤が、ここにはじめて顔を見せようとしている。つまり、ここに信仰と信頼の分離の起点があり、さらに信頼が、「その人(の人となり)」への信頼から、「その人のいうこと」への信頼をさらに派生させて、その先に契約という考え方を、生みだそうとしているのである。

中世期フランスの二つの言葉、ヴェルブ(verbe)とパロル(parole)についてホッブズが述べている個所にふれて書かれた『リヴァイアサン』訳注(水田洋)によれば、そこでverbeは「神のことばの肉体化としてのキリスト」をさし、paroleは「むしろ神のことばとしての聖書」をさしているという(第四章訳注13)。言葉が、それを語る人の肉体、人間を体現するものから、その人の「いうこと」へと変わってくる。さらに「神のことばの肉体化としてのキリスト」への信頼、つまり信仰(faith)が、今度はその人の「人となり」への信頼と、その人の「いったこと」への信用へと分岐し、その分枝の先端から、「言葉への信頼」の果実としての「契約」が姿を見せてくるのである。

『リヴァイアサン』に出てくる信頼(belief)はその分岐する二つの枝をともに意味する過渡的な段階を示している。ここで、verbeから信仰(faith)へとつらなる系列は、中世的な秩序を意味し、paroleから信頼(belief)へと続く系列は、そこからの近代的なものの剝離を意味している。そしてそう考えれば、これがそのまま、先の慎慮(経験)と推理(言葉)の対位に重なるものであることが、わかるはずである。

ここで慎慮、つまり中世的なあり方は、縄ばしごのようなものだ。現在から深く過去にむかって垂れ下がり、それをつたって経験の奥深く沈む叡智との交感が行われている。

これに対し、推理、つまり近代的なあり方は、鉄ばしごのようなものだ。縄ばしごは下方にしかいかないが、鉄ばしごなら上方にかけることができる。現在から未来に向け、さしかけることができる。推理、言葉への信頼、信約をもとにして、人は未来に向けて、身を投げかけ、その代わりに「未来を現在の統制下に置く」ことがこれによって可能となってくる。でも、こう考えてくればわかるだろう。ここにまさしく、信約への信頼としての「信用」と、それが裏切られることがありうることへの「リスク」とが、双子の存在として、同時に、生まれてくるのだ。

保険、投資、産業リスク

こうしたホッブズの『リヴァイアサン』での思弁上の戦いは、空間の均質化はいざ知らず、時間の均質化というものが、何よりまず思想的に勝ちとられなければならなかったことを示している。それはこれから見るような「リスク」の数値化による未来の市場化の企てとして遂行される手前で、まず「信仰」から「信頼」へ、「信頼」から「信用」へという、「信頼」自体の算定可能化の思弁的な企てとして、遂行されるのである。

『リヴァイアサン』では同時に、中世的秩序の根幹をなすキリスト教信仰の解体も企てられる。『リヴァイアサン』の第三部は、「キリスト教国家について」と題され、キリスト教と国家（コモンウェルス）の関連を論じている。だから、逆説めいた話だが、これを読むと、二〇〇年後、一九世紀ロシアのドストエフスキーの「たとえ真理がイエスのもとにないとわかっても、自分はイエスの側につく」という名高い書面中の言葉が、大いなる信仰の言葉であるとともにホッブズが確立した近代に対する反動と反逆の言葉なのだということが見えてくる。ドストエフスキーはここで、自分はイエスのいったことがどうであれ、たとえ真理でないと証明されたって、「そのことばの肉体化としての」イエスのほうを信じるゾ、といっているのだ。イエスの言葉よりもイエスの肉体が体現する真理に帰依したい、つまり近代など糞くらえだと、あの『地下室の手記』の語り手と似たことを、別の言葉でいっているのである。

しかし、むろん、このときまで、ドストエフスキーを追いつめるようにして、ホッブズ以後、近代は世界を苛烈な仕方で席巻している。そしてそこで未来の不安定性、不可知性の——数値化による——征服は、西欧の覇権国の大商船団にも劣らない勢いで、欧州各国の市場を覆い、力を発揮している。未来は、神のものから、人間の手で奪い取られ、市場化されると、大航海時代における空間的な遠隔地よろしく、でも、こちらは見えない形で、時間的な「遠隔地」を提供し、資本主義システムをさらに遠く駆動させていく。では未来の不確定性の「数値化による征服」によって、かつては神のものであったあの不可知なもの、不確定なものは、何に変わるのか。

そう。そこに現れるのが「リスク」なのだ。

ところで、このような出自をもつベックの「リスク」について、まず彼自身がいうのは、それが人間の関与に端を発して、その結果生じる「内からくる」、再帰的な危険、人災を意味するということである。つまりそれは地震や台風などの「外からくる」天災の危険とは異なる。しかし、このベック自身の定義では、実はベックの脱近代的ともいうべき「リスク」の核心は、いいあてられたことにならない。それをいいあてるにはむしろ天災とは区別される「内からくる」危険に、さらに二つの種類があることがいわれなくてはならないのだ。

まず、近代は、その「外からくる」未来の「危険」(災害)を予測し、数値化し、「現在の統制下に置く」ことによって〝人間化〟し、これを馴致し、再帰的な存在に変える。その内部化され、再帰的にされた「危険」が「リスク」なのだが、それは、これまで見てきた保険、投資、さらに近年の「リスク学」なるものの基礎をなす――近代を作りあげ、近代によって作りあげられてもきた――近代的なリスク概念にいう「リスク」にほかならず、そこでリスクはつねにそれをカバーするもの(産業システム内の機能としての保険、投資)と一対一の対応関係に置かれている。ところで、ベックのいうリスクとは、さらに、これに対して近代の後期になって現れてくる、その一対一対応のバランスが取れなくなることのリスク、近代的な「リスク」の基底が危うくなることの、脱近代的な「リスク」であるといわなければならないからである。

先の近代的な「リスク」が、保険、投資といういわば「リスク産業」の淵源をなし、一方、この脱近代的なリスクが産業事故を淵源としていることを受けて、ここはベックが取りだしている本源的なリスクを仮りに「産業リスク」と呼んでおこう。

とするなら、両者の違いとはどのようなものか。

「リスク産業」をもたらすのは先の未来の現在化ともいうべき動きである。未来という不確定なものがこれにより、数値化され、現在の統制のもとにおかれる。そこで一大画期をなすのが、一七世紀なかばのパスカルと数学者フェルマーの共同研究の成果とされる確率論の発見だが、そのきっかけとなったフランス人貴族とパスカルのパズル解きの競争が起こるのは、一六五四年、つまりホッブズが『リヴァイアサン』を刊行してからわずか三年後のことである。

その一方で、産業としての保険の対象も海から陸へと広がり、火災保険のきっかけとなるロンドン大火が一六六六年、ついでロイズ保険で名高いエドワード・ロイドのコーヒー店「ロイズ」がロンドンに開かれるのが、一六八八年のことである。

他方、投資も株式投資という形で、保険とほぼ同時進行の形で、大航海時代を背景に、市場に姿を見せてくる。

近代的な意味での投資は、株式投資という形ではじまるが、その対象となる最初の株式会社が作られるのが一六〇二年、オランダに設立される東インド会社。そこでも人々を投資に駆り立てる要因は、未来のもつ不確定性を「現在の統制下に置」こうとする、ホッブズを動かしたと同じ精神の傾きにほかならない。当時の海外貿易はこれを行うのに巨額を要するうえ、海賊や、天候の変化等の不安定要因にみち、成功すれば巨利を得ることができる代わり、失敗すればすべてを失う冒険的な事業だった。そのため、この事業を立ち上げ、継続するのに必要な資金の調達が難しい。当時の銀行的な金融機構も、リスクがあまりに大きいために、お金を貸すことに二の足を踏む。このような困難を受け、新しく生まれてくるのが株式投資の試みで、その要諦は、保険の場合と同じく、大きなリスクの分散による馴致化にある。

多くの投資家から少額ずつの資金を調達して、会社を作り、その会社として事業にあたるという株式会社方式が、ここから生まれ、これに対する小口の投資家による株式投資という未来への投企が、はじめて市場に登場してくるのである。

こう見てくればわかるように、投資においても、保険におけると同様、時間における未来の不確定性が、いったん「現在の統制下に置」かれることを通じて、自らを「リスク」とそれと背中合わせの「チャンス」(好運)へと生まれ変わらせている。それまでは、神の領域にあり、人々を畏怖させてきたものが、人間化され、「現在の統制下に置」かれると、今度は人々を「リスク」への不安と「チャンス」への期待によって経済活動へと誘うダイナモ(原動力)に変わるのである。

ここでは、「リスク」の本質は、それが、新しい利潤獲得の関係創出の原基となっているということである。空間軸と時間軸の果てにある不確定性に向け、その数値化を通じて、「ここ」・「いま」とのあいだに新たな関係を作りだす。するとその「関係」が「リスク」を生みだし、「チャンス」と「安心」を作りだし、そこに利潤を生み出す磁場が構成され、経済行為を呼び、産業を作りだすこととなる。

ここからわかるのは、先に述べたのとは別のレベルではあるけれども、保険、投資という産業――リスク産業――を成り立たせているものもまた、「リスクをとる」ことと「リターンを受けとる」ことの一対一対応からなる再帰的関係だということである。そうである点、これらの「リスク産業」は、再帰性の意味あいとレベルこそ異なれ、ベックの「産業リスク」と同様の再帰的な一対一対応の関係のうえにあるのである。

そこで、再帰的な一対一対応の関係性という共通項を軸に、ベックの脱近代的な「産業リスク」と、保険・投資の近代的な「リスク産業」の比較を、試みてみよう。ともに自分の播いた種を自分で刈り取る、という行為責任の一対一対応の枠組みのなかにあるという点では、同等である。

保険、投資ではその一対一関係は経済行為としての能動性に応じ、二連続きとなっている。一連目では、種は未来に対して企てたこと（たとえば工場建設）が将来もつことになる各種「リスク」（たとえば設備投資の失敗、産業事故）であり、刈り取り行為は「リスクを取ること」、つまり「保険に入る」ということ（保険料を支払うこと）である。ここでは万が一でもリスクのある工場建設を行う場合には、しっかりと保険に入らなければならない、といわれる。次に、二連目では、今度はその「リスクを取る」能動的な行為が種となって、それが次の刈り取り行為と一対一に対応する。刈り取られるものは、まず一連目の時点で潜在性としてあった「リスク」が現勢化した場合（たとえば事故が起こった場合）には、「保険支払金」である。また、「リスク」が現勢化しなかった場合（事故が起こらなかった場合）には、契約期間中の「安心」が保険料の対価として「支払われた」とみなされる。

　これを投資についてみてもほぼ同じことがいえる。そこでは、一連目での種は未来の利潤獲得の可能性とそれが確実でないことのチャンスと「リスク」であり、刈り取り行為はその「リスクを取りつつチャンスにかけること」つまりこの場合は、「投資を行う」こと（たとえば先物取引の商品を買うこと）である。次に、二連目では、その「投資」という能動的な経済行為が種となり、やはりそれが次の刈り取り行為と一対一に対応する。刈り取られるものは、潜在性としての「リスク」が現勢化しなかった場合（投資があたった場合）には、そこからもたらされる売却益である。また、「リスク」が現勢化した場合（投資が外れた場合）には、何も得られないこと、つまり損失を蒙るという能動的な経済行為が刈り取り行為となる。そしてこの二つに対し、ここでは、ハイ・リターンを得ようとすれば、ハイ・リスクを取らなければならない、ということがいわれる。

　この最後の場合、損失を蒙るというと、そこで何も得られたものがないように思われるかもしれないが、そうではないのは、先にホッブズを例に述べた通りである。つまり、この場合、投資失敗による損失の引き受け行為は、投資行為における弁済行為として「責任」の一対一対応を履行するものとして、立派な能動的な経済行為なのである。損害を蒙るという行為が、「リスク」に対するもう一つの「リターン」（受けとりならぬ支払い）として、投資者により遂行される（犯罪者の服役にも似た）システムの賦活作用となっている。債務者は、損失を蒙り、それを肯い、受け入れることで（つまり支払うことで）、弁済者としての〝承認〟を、つまり信用を、社会からかちとるのである。

なぜ投資を失敗すると損失を蒙ること（それを支払うこと）が、それでも一対一対応における刈り取り行為になるのだろうか。

再度確認しよう。ホッブズは、先に信約についてこう述べていた。

彼によれば、未来にわたる約束である信約において、契約において信頼を与えられた履行者は、約束を履行した場合、約束を遵守したとも、信任を得たともよばれるが、履行しなかった場合には、その信任が奪われる。ここで信任の破棄が生じるとは、契約によって生まれた一対一の対応関係それ自体が、解除されるということである。

これを、右の投資の場合に適用してみよう。すると、投資が外れた場合、投資者は、投資分で損害を受けることすらできない。その代わりに、投資分を返却され、以後、いわば産業社会における禁治産者扱いを受け、投資者としての資格を失う。彼は、投資に失敗すると、投資の世界から排除される。そこで一対一対応の関係は、関節をはずすのである。「リスク産業」は保険においても、投資においても、こうした一対一対応に基礎づけられている。その限りで、それは、犯罪行為を取り締まる刑法と同じく、社会内に生じる「リスク」を安全に再びシステムに回収するばかりか、――保険、投資の場合には――それを、システム稼働のダイナモにすら、用立てることができる。

しかし、ベックの「産業リスク」はそれとはまったく違っている。先に述べたような私の想定に立てば、彼は、この「リスク」概念を巨大産業事故の続発に刺激を受け、近代の産業システムがこのままいけばある種のバランスを失うだろうという予感のうちに、手にしている。そこでバランスと考えられているものは、ここにいう一対一の対応関係にほかならない。保険、投資のリスクはこの一対一の対応関係が成立しているあいだ機能する産業内リスクなのだが、ベックの産業リスクは、この一対一の対応関係が損なわれることのリスク、脱産業的な、産業外リスクなのである。

それは別にいえば、近代が未来を数値化し、経済活動の領域に作り替えて以来、うまく「リスク産業」のうちに飼い慣らしてきた猛獣である「リスク」が、後期近代にいたって、「産業リスク」という形で産業システムの手に負えない獰猛さを見せ、檻を破るようになったということである。

だとすれば、後期近代になって現れてきた産業事故の巨大化による「リスク」の増大は、単に量的な増加による問題の深刻化を指し示しているというより、質的な変化によってこそようやくいいあてられる、ある「臨界」の浮上を示唆している。

それを言葉にすれば、有限性はいまや、資本制産業社会にとって内部的な臨界となったのである。ベックの「リスク」は保険、投資の「リスク」の関節がはずれ、十分に機能しなくなったときに、そこにはじめて現れてくる。「産業リスク」は「リスク産業」の破綻を通じて姿を見せる。そして二〇一二年、保険打ち切りという形で姿を見せたのが、近代のシステムの壊れの指標としてのこの「リスク」だったのである。

ここに生まれてくる新しい未来の不確定性を改めて、再び、「現在の統制下に置」こうとすれば、私たちはこれを数値化するだけでは足りない。確率論だけでは十分でない。そこでの数値化は、数値化がもう意味をなさないことを、数値的に明らかにするだけだからだ。マルクスは、「重要なのは、世界を解釈することではなく、世界を変えることである」といった。それと同じく、ここで私たちは、リスクを数値化するだけではなく、リスクの数値それ自体を、減少させるべく自ら介入するほかに、一対一のバランスをもう、回復できないところまできたのである。

沈みかけた船の上で

しかし、こう考えてくると、この先に、新しい問いが浮かんでくる。

なぜベックは、「リスク」の新しい性格に着目しながら、そのリスク論をいま私が検討したような具合には、垂直方向に発展させないのだろうか。それが「リスク社会論」と「再帰的近代化」という彼の拠って立つ考え方のしからしむるところだとしたら、彼の内部でこのリスク概念が彼の「リスク社会論」、「再帰的近代化」論とぶつからないのは、なぜなのだろうか。

つまり、なぜ、画期的なリスク論を起点としながら、彼の論は、有限性の方へと道をたどるということがないのだろうか。

私があえてこう問うのは、ベックのリスク概念によって近代の産業社会に内発的な臨界が埋め込まれているらしいことが明らかになっても、だからといってすぐに有限性の論がもたらされるわけではないことに、現にいま、私自身が気づかざるをえないからだ。

なぜ見田の地球の有限性への着目が、先に見たようなダイナミックな有限性への論の展開を秘めているのに対して、ベックのリスクへの着目は、「『北』の社会における内在的な有限性」をいいあてているかに見えながら、いっこうに有限性の方へと論を進めないのか。

ここで、私の考えを一言でいえば、ベックの近代論には有限へのまなざしはあるが、無限へのそれはない。じつは有限性という考え方は、無限性という考え方なしには生まれてこない。無限性というものが現れる前にあったのは、たとえば全体性、共同性というようなものであったかもしれないが、それは、有限なる意識とは異なるものだったのである。

そのことをめぐって、ここでは、二つのことを述べておこう。

一つは、ベックのリスク概念が内包する有限のまなざしをしっかり受けとることにすると、どのようなリスク論がそこから生まれてくるかという問題である。私の考えでは、そこからは、ベックの水平的＝共時的なリスク社会論に代わり、垂直的＝通時的なリスク近代論ともいうべき視界が生みだされてくる。

ベックのリスク社会論は、水平的＝共時的である点に特徴をもっている。後期近代を迎えて先進国の社会がいちようにさまざまな領域で不安定な困難を抱えるようになる状況を、リスク概念を一般化（generalize）する形で、共時的な相のもと、社会各方面でのリスク化の進行、浸透の過程ととらえる。また、その困難に立ち向かい、克服することを「再帰的近代化」の課題と定める仕方で、受けとめている。そこから、「個人化」（家族、階級などの近代的な紐帯のほつれ、リスク化）、「サブ政治」化（政治や経済の近代的布置のほつれ、リスク化）、また「リスクのグローバル化」などという観点が、生みだされてくる。

しかし、これをいったん垂直的に――歴史的に――先行する近代的リスク概念と比較し、通時的な相で受けとり、前期と後期の近代をともに近代の枠内で考える「再帰的近代化」の考え方の規制を外してしまうと、同じベックの「リスク」から、今度は対近代的な性格、脱近代的な本質が浮上してくる。彼の前期近代（ベックはこれを「単純な近代」という）から後期近代（同じくこれは「反省的な近代」と呼ばれる）への流れは、近代のプロジェクトの再帰的な更新という枠組みを離れ、今度は――「富の生産」を基準にすえる――「産業近代」から――「リスクの生産」（の抑止）に基準を置き換える――「リスク近代」へという近代二分論へと様相を一新するはずである。

「リスク近代」とは何か、といえば、「生産」中心の前期近代と異なり、「リスク」という掣肘的な要因を基準に、産業社会、ひいては近代社会を考えていこうとするときに現れてくる近代の概念、近代の様相だといえる。また、後期近代をこのような概念に基づき、このような様相のもとに考えていこうという立場、観点が、そこに現れている。

この立場の最大の新味は、たとえ環境の汚染、資源の枯渇といった外部の有限性の脅威がなくとも、「北」の社会が内発的に「臨界」に出会うことになるという〝知見〟を基軸に据えているることだろう。つまり、「リスク近代」とは、「リスクの生産」が「富の生産」よりも産業社会にとって大きな意味をもつようになるというベックの指摘をベック以上に深く受けとってみるところに成立する、後期近代の新しいとらえ方なのである。

「リスク近代」とは、だから、船の底には穴があいていて、だまっていると船が沈んでしまう、これからこの地球という船に乗っている人は、船が沈まないようにするにはどうすればよいかを第一に考えなければならなくなった、という「成長の限界」の論を、より深く、内在的に受けとめてなる脱近代の論でもある。

でも、同じ脱近代の論とはいえ、船が沈まないようにしようという論と、これからは沈みかかった船の上で未来永劫生きていくんだという論とでは、当然、大いに違うだろう。単に船が沈まないようにみんなで協力しようというだけなら、ある一定期間、各人が自分の日常の生活から離れ、その緊急の課題に立ち向かうというので足りる。でも、とりあえず船が沈まないようにしたうえで、そのいつ沈むかわからない船に、これから未来永劫、住み続けるのだとしたら、人は日常の生活を続けながら、その生活を通じて、この課題に応えるというあり方を新たに発明しなければならなくなる。緊急に「船が沈まないよう」に行動を起こすことと、以後、「何もしないでいると沈みかねない船」で生活を続けていくこととの間には、大きな違いがあるのである。

ではこの二つの間にあるのはどのような違いか。

先に持続的成長のところ（2章　持続的成長と「矛盾」）でみられた「必要」をみたすことと、「歓喜と欲望」をみたすこととのあいだの違いが、このことなのだといってよい。

船が沈まないように立ち上がるのであれば、私たちはそのことに「必要」なことだけをすればよい。でも、黙っていれば沈みかねない船で、そのことを前提に、生活を営み、未来永劫生きていこうとするのなら、それに加えて、私たちは、さらに「船を沈めないようにすること」が「何のために必要」なのかと、その先まで問わなければならない。すると答えはここでも、こうなる。そこに見出されるのは、

> 生きるための必要である。それから、快適に、健康に、安心して、楽しく、歓びをもって、生きるための必要である。（見田『現代社会の理論』一四〇頁）

つまり、生きることの歓びを味わうこと、それを無限に欲することが、沈みかかった船の上で生きて**いこう**とすれば、さらにもう一つ、必要となるのである。

有限性の浮上に対し、無限性への欲求が、抑制されるのでもなく、排除されるのでもなく、否定されるのでもなく、逆に前提とされ、「有限の条件下でどのようにすれば無限への欲求は確保されうるのか」という問いをもたらすようになると、そこではじめて有限性は、人はなぜ生きるのか、という基本的な問いをささえる必要十分な条件として、私たちの前に現れてくる

のである。

そして、これが私のいっておきたい第二の点となる。

私としては、このような見方、考え方を、先の「リスク近代」に対し、「有限性の近代」の見方、考え方と、呼んでみたい。すると違いはこうなるだろう。「リスク近代」の考え方は、どうすれば地球という船を沈めないですむだろうかと、問う。これに対し、「有限性の近代」の考え方は、どうすれば沈みかねない船の上で、人はパン（必要）だけでなく、幸福（歓喜と欲望）をめざす生を送ることができるだろうか、ともう一つその先のことを、問う。

「リスク近代」の論理は、どうすれば地球を救うことができるかという『成長の限界』の論理が、いまや不可避の考え方であることの根拠を示す。一方、「有限性の近代」の論理は、それが後期近代を生きる上での必要条件ではあってもけっして十分条件とはならない理由を、明らかにするのである。

「リスク近代」から「有限性の近代」へ。

この二つの間に横たわっているのは、「有限」へのまなざしではなく、「無限」へのまなざしの有無なのだ。

欲望、無限、消尽

ベックの「リスク社会論」が有限性の論に結びつかないのは、そこに無限性の観点が欠けているからだ。

ベックは、近代が自然を開発し、産業を興し、貧困を撲滅して人々を共同体のしがらみから解放するとは述べるが、なぜ人々が中世の秩序を壊し、近代を実現しているのかというようには考えない。それを考えるには、視点を近代以前にまで遡らせなければならない。そうすれば、そこに彼もまた、自由への、あるいは恐怖からの解放への、欲望を見出すはずだが、彼の再帰的近代化の論は、そういう近代の原初へのまなざしを欠かしているのである。欲望はベックにおいては近代の前提のうちに埋め込まれ、自明化され、前期近代の富の生産という課題の一定の達成のうちに、すでに昇華＝消化されたものと観念されている。そのため、彼の場合、後期近代の課題は、「衣食足りて礼節を知る」ふうに、もはや「衣食」への欲望を見る必要なしに「礼節」だけを論じる、新たな問題（リスク）の克服という形をとるのである。

しかし、後期近代の課題がベックの考えるように「リスク」の克服をめざすことではなく、「リスク」とともに生きることにこそあるのだとしたら、つまり、近代後期を生きるというよりも、脱近代期を生きるというところに主眼があるのだとしたら、もう一度、近代の原点にまで戻り、この有限性のもとで無限性に開かれた自由と欲望の行方に思いをはせてみることが、不可避なのではないだろうか。そのことなしに、「リスク」つまり有限性とともに、人はどのように生きることができるか、という問いと向きあうことはできないのではないだろうか。

こう考えてくると、なぜベックのリスク社会論が一九八〇年代前半の巨大産業事故の多発という新しい現象を受けて「リスク」という概念を取りだしながら、それを「リスク」論として深めることも、「有限性の近代」ともいうべき考え方へと発展させることもできず、いわば水平的な方向へと論を伸長していくだけであったのか、他方、それから一〇年後に書かれた見田の現代社会の論が、北の社会の内発的な「有限性」の問題にはたどり着いていないとはいえ、なぜベックの「リスク社会論」の停滞を尻目に、一九九六年という時点で、「有限性の近代」という考え方に手をかけるものとなっているかの理由が、見えてくる。

両者を隔てているのは、ポストモダンの思想をどのように受けとめたか、というその受容の深浅なのだといってもよい。

見田が人が生きることの「単純な至福」に至る方途としてあげた、イヴァン・イリイチの「歓びに充ちた節制と解放する禁欲」の道と、それとは反対に「歓びの追求」を「不羈の仕方で」めざすジョルジュ・バタイユの道を隔てているのは、ここにいうリスク近代と有限性の近代の違いである。有限性を前提としてなお、そこに無限性へのまなざしが、あるかないか、ということがイヴァン・イリイチとジョルジュ・バタイユを隔てている。そしてもう少しいえば、ボードリヤールふうの消費社会論の「消費の無限性」の限界を見据えてなお、それを突き抜ける無限性へのまなざしをもっているか否かが、やはり両者の差異だともいえるのだが、それと同じものが、リスク近代と有限性の近代の差異でもあれば、またベックと見田の差異でもあるのである。

見田にはある無限性へのまなざしが、ベックにないのは、ベックがポストモダン論という川をいわば浅く渡ってしまい、それと深く出会わずに、これを否定しているからだ。これに対し、見田は無限性へのまなざしを、ポストモダン論から、受けとり、引き取っている。見田は、ベックが浅く渡ったポストモダン論の川を、深いところで、ある意味ではポストモダンの並の論者よりも深く、渡っている。

ベックの（そしてその後アンソニー・ギデンズなども受け入れることになる）再帰的近代化の論は、簡単にいうと前期近代から後期近代へという移行を自分（たち）は、ポストモダン論者たちのように近代から近代以降への変容とは捉えない、という主張を含む論である。自分たちは、これを近代の枠内で、前期から後期への移行ととらえる。前期の達成から生まれた新しい困難、課題を後期の近代が、再帰的に、反省的に、克服していく、それが近代の全体のプロジェクトなのだという主張が、そこからは出てくる。

そこでは、明示的に語られていないものの、一九二〇年代以来の消費革命は、先に見たように「生産の拡大」の一環にほかならず、前期近代の属性の派生形態にすぎないものと、見切られている。そこでの「消費」も商品の購買意欲の昂進にすぎず、何ら新しい現象とは認められていない。むしろ、産業社会のバランスを崩しかねない新しい要素（リスク）の出現にこそ、後期近代の新たな質が現れている。これが、ベックの力点である。

そしてそれは、必ずしも間違いではない。

ボードリヤールに代表されるポストモダンの消費社会論は、一九三〇年代にバタイユの構想した普遍経済学の考え方に霊感を吹きこまれ、一九二〇年代の米国にはじまる消費革命を、一九五〇年代の米国の経済学者、社会学者の「ゆたかな社会」論を経由する形で、モノ（物品）の消費からコト（記号）の消費へと離陸させるものだった。ベックの「リスク」が、——可能的に受けとった場合——それ以前の近代の産業システムに馴致された保険・投資型の「リスク」を大きく壊す、産業システムの檻を破る猛獣のそれに近い脱近代型の「リスク」だったのにも似て、ここでボードリヤールは、重心を「物品」から「記号」に移した新しい「消費」には、「ゆたかな社会」論者の近代型消費の枠を壊し、それ自体が産業システムの檻を破る猛獣のそれに近い脱近代的な本質があると見た。モノの消費は限界をもつが、コトの消費は限界をもたない、というのが、そこでの離陸点だった。それが、ボードリヤールの「消費社会」論が、モノ主体の消費とは異なるポスト近代的消費を核とするポストモダンの論として提示され、広く受けとられた理由だった。

一九六八年に刊行された彼の『物の体系』の眼目は、消費の対象が、有用性の次元にはもはやなく記号の体系のうちを浮遊するものとなっているという主張におかれた。「《消費》の定義に向かって」と題されたその最終章で、ボードリヤールはこう述べている。

消費には限界がないということがこれ（消費が全体的で体系的な観念論的行為であること――引用者）によって説明される。もしも消費が、ひとびとが素朴に受けとっていることと、つまり吸収し、むさぼることであれば、ひとびとは満足に達しなくてはならないだろう。もしも消費が必要の体系に対して相関的であるならば、ひとびとはひとつの満足に向かわなくてはならないだろう。しかしわれわれはそうではないことを知っている。ひとびとはしだいに多く消費することを望んでいる。（中略）（中略）消費が抑えがたいのは、結局それがひとつの欠如に依存しているからである。

（『物の体系』宇波彰訳、一部訳を変えた）

しかし、この記号的消費も、破綻する。このコト（記号）の消費が、モノの生産を伴うことなくどのようにして産業社会に馴致され、それればかりか産業システムを駆動し、その果てに無限の自律空間を成立させることができずに産業社会を破綻に追い込んだか。その例を私たちは身近なところで二〇〇七年のサブプライムローン危機でまのあたりにしているからだ。

ポストモダンの消費社会論をボードリヤールに代表させれば、それは、「生産から消費へ」というよりは、「富の生産から消費の生産へ」と動く「生産の拡大」の一環にすぎなかった。そのことは、いまの目から明らかだ。

その意味では、ベックは正しい。

しかし、ポストモダンの論のもつ可能性は、ボードリヤールというより、むしろ彼が消費論の手本にしたバタイユのうちにある。バタイユの消費社会論は、別種の考え方のうちにその胚珠をもっており、けっして「生産の拡大」には結びつかない。見田が、なぜボードリヤールの消費概念とそれに先行するバタイユの普遍経済学の消尽概念の違いに大きな意味を認めたかの理由も、こう考えてくれば明瞭になる。両者を隔てているのも、有限性のなかに浮かびあがる無限性のまなざしの有無にほかならないのだ。

ボードリヤールは一九六八年の『物の体系』でも、これに続く『消費社会の神話と構造』でもふれていないが、こうした——無限に連なる——根底的な消費概念の転換を企てたのは、見田が指摘するように、早くも一九四九年に『呪われた部分』を書いて普遍経済学の企てを世に問うたジョルジュ・バタイユにほかならない。彼はこの構想を一九三〇年代から考え続け、それは完成を見ることなくこの『呪われた部分』をはじめとするさまざまな断片的な著作の形で世に現れた。しかしそこでの狙いははっきりしている。彼は、経済学というものをその外部から考え直そうとした。もっといえば、近代、あるいは西洋社会の成り立ち、人間社会の成り立ちを、その成立以前の外部から、見直そうとした。バタイユの構想の基底をなしているのは、近代以降（ポスト近代）ならぬ近代以前の視点、というよりむしろ古代以前までの射程をもつ、有史以前とすらいうべき視点なのである。

バタイユがそこに示しているのは、先に見たようなボードリヤールの消費とは根本的に異なる消尽の概念である。彼がそこでめざした普遍経済学とは、一言でいえば宇宙大の人間の事象を視野に取り込んだ経済学であり、生産ではなく、消費（消尽）が、そこでは中核の位置を占めている。したがって、消費が生産に取って代わるという点では同じでも、両者の意味は大きく違う。

見田は両者を区別するため、それぞれの「消費」を〈消費〉（バタイユ）と「消費」（ボードリヤール）と表記している。それでいえば、「効用に回収され」ない無限性の消費を指示している点、両者は同じだが、その違いは、「商品の購買」の有無にある。ボードリヤールの「消費」は、記号としての「商品の購買による消費」を前提としている。これに対し、バタイユの〈消費〉はなんら「商品の購買」を前提としていない。

『呪われた部分』の第二部の副題には、〈消費社会〉の語が用いられているが、そこに論じられているのは、産業社会のそれではなく、近代の外部に属するメキシコの「アステカ族の供犠と戦争」であり、また彼らに見られる無用の蕩尽の競争の儀式、「対抗的贈与（ポトラッチ）」である。近代から遠く隔たるばかりでなく、古典古代―中世―近代と続く西洋の世界史的境域の全体を相対化するスケールで、バタイユの普遍経済学は構想されている。その〈消費〉は、ポストモダン的な記号消費の欲望とはある意味で対極にある、近代の手前で人間的な根源を指さす、「充溢し燃焼しきる消尽」の欲望なのだ。

先に見た彼の本に引かれるアステカ族の族長の姿、「一杯のワイン」を飲む労働者、また、「ごく単純にある春の朝、貧相な街の通りの光景を不思議に一変させる太陽の燦然たる輝き」を思い浮かべればわかるように、この「充溢し燃焼しきる消尽」としての〈消費〉は、近代の外にあり、近代の規矩を壊して進む、無限性の欲望として捉えられている。

それはまた、産業システムの枠の外にある。そして「富への完全な侮蔑」を要求している。なぜなら、富とは所詮限りあるものであり、富の生産とはほんらい、限りあるものの増大にすぎないが、一方、ほんとうの無限は、つねに限りあるものを内から壊す力だからだ。

なぜポストモダンの論は、近代論として成立するのか。権利をもつのだろうか。無限の内部性と外部性の双方に光をあてる、近代論として必要十分な条件を備えているからである。そしてそれが再帰的近代化の論に欠けている点でもある。

無限とは何か。人間とは何か。そして近代とは、何か。

こう問うてみることが必要だ。

有限性が内発的なものとして現れるとは、これらの問いをもう一度根底から考え直す機会が、いわば逃れられない試練として立ちはだかることだからだ。

近代をもたらしたものが人間であり、人間の経験が近代よりも広く深い以上、無限へのまなざしの欠如は、人間を生きさせているものへの顧慮の幅を狭める結果をもたらすだろう。その考え方ではどうしても近代以前、近代の外部の視点から近代の「生産」原理を見直し、転倒しようというバタイユの「普遍経済学」の視野の広さ、動機の深さに、届かない。無限へのまなざしがなければ、いま私たちは人間の生の問題に出会わない。そして人間へのまなざしがなければ、人は近代の外には出られず、また有限性の意味に導かれることもないのである。

そのことに気づくのに、私は三・一一の原発事故に遭うことを要した。

ベックの『リスク社会』と三・一一の原発事故のあいだに、二五年という時間が過ぎている。ここに顔を出しているのは、その二五年の意味でもあるだろう。

Ⅲ　日本から世界へ

5　二五年のなかの三つの年

日本で考えること

チェルノブイリから福島第一まで。

一九八六年から二〇一一年までの二五年とは、では、日本に生きる私たちにとってどのような期間だったのだろうか。

まず私にやってくるのは、私自身とベックの間の距離である。

先に述べたように、ベックと私とは同じく第二次世界大戦の敗戦国の生れで、それほど年齢も異なっていない（ベックが一九四四年生まれ、私は一九四八年生まれ）。またベックの『リスク社会』はこれまで見てきたように彼にとっては実質的な単著第一作ともいえる著作だが、その刊行時期は、私の最初の本とやはり、ほぼ重なっている（『リスク社会』は一九八六年。拙著『アメリカの影』は一九八五年)。

拙著『アメリカの影』で私は日本における非対称的な日米関係への隠蔽的な意識、また原子爆弾登場がもつ日米関係の内外における世界史的な意味などについて書いている。「成長の限界」の問題、あるいはポストモダン的な「生産から消費へ」、世界の有限性といったことは、当時の私の関心の外にあった。

むろんそのことの知識がなかったわけではない。私はこの著作を書くに先立って三年半ほどカナダ東部で生活しており、環境問題と資源の問題は私が滞在した一九八〇年前後、その地ではごく身近な話題としてあった。しかしそういう私に、八二年、帰国すると、いわば日本とアメリカの非対称的な関係が、私たち自身によって抑圧された、「明らかにしなければならない」ことがらとして、浮かびあがってきた。私には、それこそがいま自分にとって考えるべきことがらと思われたのである。

その後、わたしのこの日米関係への関心は日本の「戦後」の独自のあり方への関心へと続き、私は一〇年後、一九九五年、「敗戦後論」という戦後論を発表する。私が、地球の問題に関心を向けるようになるのは翌年に刊行された見田宗介の『現代社会の理論』をきっかけとして、ようやくその二年後のことであり(「二つの視野の統合――見田宗介『現代社会の理論』を手がかりに」一九九八年)、「戦後」の問題をいったんカッコに入れなければいま起こりつつある問題に直面できないという判断を行うのは、さらに九年後の二〇〇七年のことである(「戦後から遠く離れて」)。そして、これまでは過去とのつながりについて考えてきた、しかし未来とのつながりについてはしっかり考えてこなかったと、そのことに気づかされ、いま起こっている問題を有限性という概念のもとに考えようとするのは、ようやく二〇一一年、つまりたかだか三年前のことにすぎない（「死に神に突き飛ばされる」）。

これに対し、ベックを見ると、彼の関心は、一九八〇年代半ばからそれほど変わっていない。彼はこのとき、「リスク」に着目し、リスク社会論ともいうべきものを措定すると、その線上で現在に至るまで精力的に仕事を続ける。サブ政治論、宗教の個人化、リスクのグローバル化などが、その後、彼のリスク社会論の主題に浮上してくる。

彼の仕事の隣りに自分と自分の著作をおいてみる。すると、自分の考え――あるいは時代認識、世界認識――が、彼にくらべ、この間、大きく変わってきていること、一貫性を欠いていることを、認めざるをえない。

なぜこのようなことになるのだろう。

その違いは、どこからくるのか。

これが、単に、ベックが長期的な視野を備え、透徹した視点で世界を捉えていたのに対し、私が短慮かつ曇った目で近視眼的にしかものごとを捕捉できないためなのなら、話は簡単だ。

しかし、このような要素では説明できないものがあるのではないか。私はそう感じている。日本という場所で、世界のことを考えようとするときどうしてもぶつかるある一つの問題が、たぶんここには顔を見せているのである。

私にいま思い浮かぶのは、紀元前六世紀にユダヤ民族に起こったバビロン捕囚というできごとだ。紀元前五九七年、新バビロニア王ネブカドネザル二世がユダ王国を征服した際に、ユダ王国の王の殺害後、三〇〇〇人余の有力者を捕虜としてバビロンに連行した。連行は数年後、さらに大きな規模で繰り返され、最終的には王族をはじめイェルサレム市内の若者、職人などの全員が虜囚となっている（第二次バビロン捕囚）。虜囚たちは、当初はほどなく故国に帰ることができると思っていただろう。でもその希望はすぐに潰え、捕囚の時期は世代を超えて長期にわたることとなる。そしてそのうち、ユダヤ人虜囚の間にバビロニア化ともいうべきものが起こってくる。生まれてくる子の名前がバビロニアふうに変わり、月名にはじまり、文字自体もバビロニアふうに変質していく。そうしたなか、虜囚の地で自分たち民族の宗教について徹底的な再考が加えられ、崩壊した神殿に代わり、律法を重んじる新しいあり方が生まれてくる。それを通じて、虜囚たちはヤーヴェ神をユダヤ民族だけの神ではなく世界の唯一神だとみなす初の一神教の世界宗教としての古代ユダヤ教のあり方を作りだす。その事績によってバビロン捕囚はふつう、世界宗教の誕生のきっかけをなした民族的断絶のできごととして、歴史に名をとどめることとなった。

ところで、この「捕囚」はいったいどれくらいの期間、続いたのだろうか。それは、紀元前五九七年にはじまり、紀元前五三九年に終わる。この間、五八年。──意外に短い期間なのだ。

日本の戦後、現在までの期間は、これよりも長い。ほぼ政治、文化、社会の全域において旧戦勝国アメリカの制覇のもとにあり、文化も社会も政治も圧倒的な影響下に置かれ、かつての民族宗教としての天皇教も、いまやほぼ完全に滅んだといってよい。その期間は、「戦後」と呼ばれている。この現代版のバビロン捕囚は、今年で七〇年目を迎える。

つい最近、「バビロン捕囚」の期間が実は六〇年に満たなかったと知ったとき、私は息を呑んだ。「戦後」の名の下にわれわれが経験してきたものは現代の「バビロン捕囚」のようなものなのではないか、という思いが頭をよぎったのは、そのときである。

日本とドイツは第二次世界大戦の敗戦国として戦後、一定の戦勝国への従属を強いられてきた点で共通している。そのことは、両国が戦後の高度成長、過去との向き合い方などの経験や課題を共有することからよく人の口にのぼってきたが、その実際をいまも続くアメリカ軍国内駐留の例で示すと、次のようになるだろう。

第二次世界大戦の実質的なただ一人の勝者ともいってよいアメリカの在外兵力は、駐留兵員数でいうと、二〇一二年現在、全世界で一九万六二四八人で、このうち、トップはドイツの五万三五二六人、次が日本の三万六七〇八人である。これに、韓国の二万八五〇〇人、イタリアの一万八一七人、イギリスの九三一七人と続き、後はすべて一〇〇〇人台以下だという（ウェブ「世界ランキング統計局」による。出典アメリカ国防総省、二〇一二年一月、韓国のみ二〇〇八年分）。この順序は、ここにカウントされていない横須賀を母港とする米国第七艦隊の兵員を算入したばあいの別の統計では、二〇一〇年に日本がドイツを追い抜いてトップで五万三〇八二人、次がドイツで五万二三三二人と入れ替わっている。この場合も以下、韓国二万六三三九人、イギリス九六七七人、イタリア九二三九人とトップの五国は同様である（ウェブ資料「沖縄と米軍基地」全国基地問題ネットワーク／フォーラム平和・人権・環境、二〇一二年四月、による）。

アメリカは外国一五一ヶ国に軍隊を駐留させている。そのうち一一八ヶ国での駐留兵士数は五〇人以下で、そこに基地といえるほどのものはない。トルコ、バーレーンなど一〇〇〇人台から二〇〇〇人台の駐留国が数ヶ国あるが、戦時のアフガニスタン、イラク等を除くと、残り、兵士数三〇〇〇人を超える大きな基地を有する駐留国は、世界中で、右にあげた五ヶ国があるにすぎない。このうち、韓国が第二次世界大戦時に日本の植民地であったことを考えると、これらのすべてが旧敗戦国（プラス植民地）、そして旧宗主国となる。この五ヶ国で全体の約七〇パーセント（前者統計のばあい）、そのうち、敗戦国の三国で、全体の約六六パーセントを占めている。

これが戦争終了後六〇年を経過しての状況である。しかしこの現実は、異様なのではないだろうか。

駐留経費負担について見ると、この印象はさらに強まる。なかで日本の従属の突出ぶりが近年いよいよ目立ってきている。二〇〇二年現在の概数で、第一位が日本の四四・一億ドルで、第二位ドイツの一五・六億ドルの三倍弱である。以下、韓国の八・四億ドル、イギリスの三・七億ドル、イタリアの二・三億ドルと続き、日本一国で、総負担額の約五三パーセント、半分強を占めている。総経費中の負担割合でも、第一位の日本が七四・五パーセントと、二位のドイツの三二・六パーセントを大きく上回っている。

なぜ日本の対米関係だけが、世界の中で突出しているのだろうか。

日本とドイツの間の違いが広がってくるのは、一九八〇年代の半ば以降、特に一九九〇年代に入ってからである。

外国駐留の米軍兵士数では、一九九〇年の数はドイツが二二万七五八六人で抜きんでたトップだった。それが二〇〇九年には約一七万人減少して五万四〇四三人となる。東西冷戦の終焉により、約四分の一へと規模縮小するわけだが、日本は同じ時期、四万六五九三人から三万四五五四人へと約一万二〇〇〇人の減で、減少幅は四分の一強にとどまっている。

背景にあるのは、一九八〇年代以降の世界情勢の変化だろう。その変化に、ドイツは主要な役割を果たしている。一九八〇年代以降のヨーロッパにおける変化とは、ヨーロッパからの米ソの撤退とEUの勃興である。まず、一九八〇年代初頭、米ソ冷戦下のアメリカの世界戦略のもとで中距離ミサイル戦の戦場に擬された中部ヨーロッパのドイツから、全国民をまきこんでの世界的な反核運動がまき起こる。それは再びヨーロッパを戦場に擬したアメリカに対する抗議行動という意味あいも含んでいる。また、それに先立ち、ポーランドでは「連帯」による反ソ的な民主化運動のうごきがはじまっている。このヨーロッパ内の両陣営におけるそれぞれソ連、アメリカの勢力を排除する動きが、その後の一九八九年のベルリンの壁の崩壊、一九九〇年の東西ドイツ統一という動きにつながり、その延長上に一九九一年のソ連消滅、一九九三年のEUの成立という世界史的なできごとが生じてくる。このことは、ベルリンの壁の崩壊とそれに続くドイツ統一がなければ、ありえなかった。

ドイツは、この間、EUに確固たる位置を占めることで相対的にアメリカに対する立場を強化し、対米独立を推進している。それを可能にしたのは、EU成立の実現の要となったドイツと近隣諸国との信頼関係の確立である。そのような努力から遠く、いまなおアジア近隣諸国との和解に成功していない日本は、この二五年で大きくドイツから水を開けられてしまった。

日本では「戦後」が終わらない。何も変わらない。なぜそうなのか。日本のこうした「長い戦後＝過ぎ去ろうとしない戦後」問題を取りあげて、アメリカの日本研究者、キャロル・グラックはその背景の一つに彼我の違いをあげ、こう語っている。

日本では一九四五年は何かのはじまりを意味しているが、たとえばドイツではこの年は「数年前に始まった戦争の終焉」を意味している。そのため、ドイツでは過去の侵略への反省を意味する戦後問題が、日本では、「廃墟からの復興」の物語として語られてきた。ドイツやフランスでは、「戦後」とは戦時期の混乱からの回復期ということで、たとえば一九五〇年代がその終わりとなるが、日本では、戦後は、一九四五年にはじまる何ものかであって、それは「ライフサイクル」になぞらえられ、右肩上がりに成長し、六〇年代にピークを迎え、その後、「不安定化」し、九〇年代に入り、ようやく「衰退期」に入ると見なされる。こうして「構造、安定性、ときには停滞状態でさえ」もが戦後の「核」として位置づけられる。しかし、現在日本が直面しているのは「すでに終わった戦後の終焉を問題にしたり、近代がいつ終わるかを問題にすること」ではないはずだ。「戦後を考える」とは「過去に関わること」ではなく、「未来に関わること」だからだ。

私の考えでは、「戦後六〇年」の挑戦とは、「戦後」を超えることである。出来事としての戦後、時代としての戦後、意識としての戦後はすべて過去に属する。その過去から学ぶためには未来像——歴史の教訓を活かす目的達成の感覚——を持たなければならないということは、歴史そのものが示す事実にほかならない。日本が、また世界が必要としているものは、よりよい未来を想像しそれを実現するというビジョン——そしてプログラム——なのだ。しかし残念なことに、今のところこの未来は名前を持つことができないのだ。

（「『戦後』を超えて」『思想』二〇〇五年一二号）


グラックが、こう述べるに先だってあげているのは、女性、マイノリティ、沖縄への関心、新自由主義や資本主義の過剰に対する社会主義の観点、アメリカの単独主義への抵抗、南北格差等への想像力等のことがらである。こうしたものが未来への関心を作るというのだ。このグラックの問題提起は、有益で、この私の現在の考察も、彼女とほぼ同様の問題意識を共有しているといってよい。しかし、「戦後」が日本においていまだに終わらない理由については、やや違う。その手前にもっと単純な形をした理由、明瞭な理由が、横たわっているからである。

日本の「戦後」は、この意味からいうとちょうどバビロン捕囚のようなものである。それは何より、日米間の従属関係が終わらない限り、終わらない。しかしまた、バビロン捕囚のばあいとは違い、これを脱するのに日本は他力を頼るわけにはいかない（バビロン捕囚はペルシャ軍による新バビロニア征服によって終了している)。自分でやるほかない。そのためには、新しいあり方、考え方を日本の市民が自ら作りださなければならない。グラックのあげる理由は、それをどう実現するかということのうちに生きてくる諸要因にはあたっているが、実現のための根幹的な条件はいい落とされている。

その条件をいえば、こうだろう。日本はいまなお、かつての戦勝国であるアメリカとも、まだかつての侵略先である近隣のアジア諸国とも、しっかりした相互の独立と信頼に基づく友好関係を築くにいたっていない。その二つの課題を克服しない限り、「戦後」は終わらない。いま、日本とドイツの違いは、何よりもそのことを語っているのだ。

二一世紀に入って、ドイツがEUにしっかりと中核国としての地歩を占め、そのことを背景に、アメリカに対して独自の姿勢を示すようになってから、日本の対米従属関係の固定化は、さらに世界に突出したものとなる。ドイツのシュレイダー政権が二〇〇三年、不徹底ながらもイラク戦争への派兵を拒んで対米関係を見直す過程に入ったのに対し、政権交代を果たした日本の民主党政権は二〇〇九年、遅ればせながら米軍基地に手を触れ、少しだけ対米自立の試みを行ったものの、それはものの見事に腰砕けとなり、現在は自民党政権が過去にさらに輪をかけた従属関係の固定化へ、さらに逆向きに米国の統制からも逸脱しかねないアジアでの孤立化へと動いている。

なぜ戦後、日本とアメリカの関係だけがこうした強い従属のもとに置かれ、六九年をへてなお、突出した非対称の関係が続いているのだろうか。

私たちは、なぜ「戦後」が日本で終わらないのかという問いを、もう一度日米関係の原点にたち戻って考える時期にきているのである。

二〇一一年をすぎて、原点として、改めて私の頭にやってくるのは、原子力エネルギーの問題、原子爆弾の問題である。

最近、ある日本在住のアメリカ人の詩人が、「これは仮の話だが」と断って、一九四二年プルトニウム製造をはじめたとき、アメリカの権力者たちは長期的に考えてその「最終処分場」をどうするかの腹案をもっていただろう、「そのあたりの機密文書は明るみに出てこない」が、自分にはどうもそれは「日本列島」だったのではないかと思える、というブラックジョーク的感想を漏らしている（アーサー・ビナード「これは仮の話だが」『うえの』二〇一三年五月号）。

たとえば広島。このときは放射能汚染がどのような程度のものになるかは予測がつかなかった。二万四〇〇〇年の半減期をもつプルトニウムの汚染がもし、人の居住を許さない結果になるなら、それはたしかに一つの選択肢になりえたことだろう。詩人である著者はかねて知られた平和主義者で脱原発論者であり、この文でもむろん、これらの当時の権力者のありようを厳しく弾劾している。でも私は、三・一一をくぐり、やはりある種の仮説的な想像力を刺激され、原爆投下こそ、アメリカの権力者たちが、今なお日本を自分の勢力下から手放すことのできない究極の理由なのではないかという、やはりブラックジョークにも似た感想を、抱きなおすようになった。

なぜなら、日本が完全にアメリカから「独立」してしまえば、アメリカの権力者たちは、いつかその日本がアメリカに敵対し、対米核攻撃をしかけてくるかもしれないという悪夢に未来永劫、悩まされることになるからである。アメリカは日本に対し、原爆投下を謝罪していない。それに応じて、日本はアメリカを公然と非難こそしていないものの、まだアメリカを「赦す」とはいっていない。いったん敵対関係に入ったばあい、世界で唯一、アメリカ自身からの糾弾なしにアメリカを核攻撃できる「権利」をいまなお保持している国が、この従属国、日本なのである。つまりアメリカが謝罪し、日本がこれを受け入れるまで、この問題は、未解決のままにとどまる。それは、十分にアメリカが日本から撤退できない理由を構成し続けるだろう。

そして、こう考えてくると、この問題に、日本がいつまでもアジア諸国にしっかりと謝罪できないという問題が正確な鏡像として対応していることが見えてくる。私の考えをいえば、侵略責任、従軍慰安婦の問題を含め、これらの問題にしっかりと謝罪の論理を立て、謝罪し、新しい信頼関係を作りあげることができない限り、日本はアメリカへの依存を断ち切れない。近隣諸国と世界に対し、従軍慰安婦の問題に代表される過去の問題をしっかりと受けとめ、謝罪するということが、じつはめぐりめぐって日本がアメリカへの依存を断ち切るためのカギなのだ。安定したアジア隣国との信頼関係が作れなければ、アメリカとの同盟関係以外に、安心できる居場所がないことを、日本の保守的な権力者たちはよく知っている。ほんらいアメリカ依存にフラストレーションを募らせているはずの彼らが、なぜこの悪癖から脱せないかといえば、アジア隣国に謝罪できない彼らにとっての逃げ場が、このアメリカしかないからだ。日本がアジア隣国に謝罪できないどころか、最近は対抗心をすら露わにしているところには近年の国力衰退という別の理由も加わってくるが、基本構造をいえば、アメリカが日本に謝罪できないということが、日本がアジアに謝罪できないことと、鏡像関係におかれているのである。

このことは、日本が今後どういう方向に進むべきなのかを明瞭に示しているだろう。日本は何より、このアメリカ依存の構造を自ら壊さなければならない。そのためには、平和愛好国として世界の信頼を勝ち得、アジアの近隣諸国との間に本当の友好関係を築くことが、何よりの第一歩となる。しかしじつをいうと、それだけでは足りない。もう一つある。日本はアメリカとの間にも、原子爆弾投下の問題を含めて、本当の友好関係を築かなければならないのである。

この第二の考えは、二〇一一年のできごとをへて新しく私にやってきたものだ。そしてそのことが、ここで私にとっての一つの希望でもある。

私はそれをここでは直接には語らない。この論の最後に、もしそこまで行けたら、一言その方向を述べてみようと思う。でも、それがどのような考え方に基づくものであるかは、いま、ここに書くことができる。

キャロル・グラックをはじめとして、ハリー・ハルトゥーニアンなど、日本の「戦後」がいつまでも終わらないことの奇妙さを指摘する多くのアメリカの日本研究者が、そのことに果たしているアメリカの対日従属強制力についてほとんど言及しないことに、私は曰くいいがたい感じを受けている。それは故意のことなのか。それとも無意識の忌避なのだろうか。数少ない例外は、世界の米軍基地の現状に警鐘を鳴らし、沖縄での反基地運動を擁護する一文を米紙に寄稿した後急逝したチャルマーズ・ジョンソンだが(『アメリカ帝国への報復(Blowback)』二〇〇〇年、『アメリカ帝国の悲劇』二〇〇四年、ほかに『帝国アメリカと日本 武力依存の構造』同、など)、そうした例は、この研究領域で、けっして多くない。このことは、ここに横たわる問題、アメリカの日本に対する罪責感と畏れが、真摯な研究者の多くにも共有されるほどに広くまた深いものであることを語っている。簡単にいえば、原爆を投下したことを謝罪できないことが、アメリカをいまなお日本支配に縛りつけているのである。

「有限性の近代」の課題は、この観点からいえば、いまさまざまな形で姿を見せようとしている一対一対応の関係の関節のはずれを、どう回復できるか、というものとして現れてくる。そのためには、一つには、支払い未了のことがらについてはしっかりと支払わなければならない。たとえば日本の市民がいま行うべきことは、アジア隣国に対する謝罪をみずからの論理において、しっかりと行うこと、また自分を国家、政府から引きはがしたうえ、それを国家、政府に行わせることである。でも、もう一つある。それは、相手が支払い未了であることに対しては、一方的に贈与すること、そのことで、こちらから関係回復を呼びかけること、関係を作りだすことにほかならない。原爆投下に関しても、どうすることがこの方向につながるかを、考えてみることにほかならない。

バランスを失した富の生産とリスクの生産の一対一関係を回復することが、産業システムの持続には必要で、回復のためにリスクの発生を抑止するというのが「リスク近代」の考え方である。しかし考えてみよう。これはいつかやってくるかもしれないリスクに対する支払いであると同時に、やってこないかもしれないリスクに対する一方的な贈与でもある。一方的な贈与とはそれ自体、一つのリスクをとった企てなのだ。ここにこの関係創造（回復）方策の本質がある。

三・一一のできごとは、私の憲法九条観を更新した。「平和を愛する諸国民の公正と信義に」一方的に「信頼して、われらの安全と生存を保持しようと決意」した日本国憲法の第九条は、チャルマーズ・ジョンソンがあるところで述べているように（ジャン・ユンカーマン監督『映画　日本国憲法』）、過去の侵略に対する敗戦国日本の「支払い」である。しかしそれだけではないだろう。それと同時に、未来の平和社会の構築に向けた「贈与」でもあるはずだ。この憲法は私たち自身の政治権力による成果ではない。それは他から来た。だから私たちはそのことを一つの負荷としてしっかりと受けとめ、その意味をみずから作りださなければならないのだが、三・一一以後に私にやってきた考えによれば、そのようにして書かれた一方的な戦争放棄が支払いであると同時に贈与でもあることが、憲法九条の不戦条項の歴史性であり、未来性なのだ。このことが、戦後憲法がアメリカからの一方的な「押しつけ」であると同時に「贈与」であり、また敗戦国日本の戦勝国アメリカに対する「支払い」でもあるという事実に向きあうべき（つり合わせられるべき）、日本社会の未来がもちうるビジョンの本質なのである。つまり、もう少しいえば——原爆投下との関係ではということになるが——、憲法九条は日本のアメリカに対する「贈与」でも、ありうるのである。

さて、私がこんなことをいうのは、ベックが『リスク社会』を刊行し、チェルノブイリ核災害が起こった一九八六年に、ちょうどドイツでは、エルンスト・ノルテ、ユルゲン・ハーバーマスなどを巻き込み、「過ぎ去ろうとしない過去」をめぐる歴史家論争なるものが起こっていたからだ。私が一九九七年に刊行した『敗戦後論』は、その後の日本での論争（「歴史認識」論争と呼ばれた）をつうじ、このドイツの一九八六年の論争に比較された。ベックが「リスク社会論」を展開するかたわら、このドイツの歴史家論争をどのように見ていたのかを私は知らないが、しかし、ドイツで歴史家論争と『リスク社会』が、ちょうどチェルノブイリ原発事故の起きた年に踵を接して現れ、並列していること、その共時的な三つの重なりと棲み分けが、日本では、あるいは私には、そのときから二〇一一年までの二五年という幅で、一つ、また一つと、時系列に沿い、通時的につながって起こった。その違いの意味を考えないわけにはいかない。

二〇一一年のできごとを目の前に、いま私は世界史への原子爆弾の登場、日米間の特殊な関係、自分も関与した「歴史認識」をめぐる論争、そして核災害の問題が、ひとつながりのものなのではないかと、考えはじめている。私は、ベックのリスク社会論に対し、これでは狭いのではないか、という感想をもったわけだが、このことと、ベックのリスク論がノルテ、ハーバーマスの歴史家論争と一九八六年、ドイツ社会において二様の学者たちに「分担」されたという事実は、無関係ではないように感じる。

日本の問題と世界の問題とが分裂していること、しかもその分裂を抱えて双方を考えなければならないこと、一人で何役も担わなければならないこと。

ここには、日本にあって世界のことを考えようとする場合に私たちがぶつかる固有な問題が顔を見せている。戦後の問題は、日米関係、日本とアジアの関係を含めて、何一つ解決していない。しかし、グラックがいうように「過去から学ぶためには未来像を持たなければならず、このとき「未来像」とは、「歴史の教訓を活かす目的達成の感覚」を意味している。今後、この日本の戦後を未来に向けて考えるためには、これを世界の問題と一緒に、それと抱き合わせる形で考察しなければならないが、翻って、未来像を——目的達成の感覚に裏打ちされた——生きた形で構想するためにも、私たちは過去とのつながりを保っている必要があるのである。別個の問題を、同時に抱きかかえ、その異物同士の擦過音に耳をすませながら問題にしていくこと、こうした考える上での跛行性が、たぶん、いまこの日本で考えることの悲惨であると同時に、可能性であり、希望でもあるのだ。

ベックの考え方のこの二五年間の一貫性と、これに対して私の姿勢が首尾一貫せず、ぐらぐらと揺らぎ、大きく変わっていることの背後にあるのは、このような悲惨であり、また希望である。この二五年の世界の変化が、ベックには一九八六年の見方をさらに変えるには値しないものと見え、一方私に、大きく時代認識、世界認識を変えるものとして現れているとすれば、そこには同じ敗戦国としてのドイツと日本の落差と、そこで考えることの条件の差が顔を出しているはずだが、この劣位の条件のうちに、私たちの足場がある。

その上で、もう一度問おう。

一九八六年から二〇一一年までの二五年間は、果たして、こういう私たちにとって、どのような時間だったのか。

一九九一、未来の消滅

三・一一の原発事故以来、新しく見えてきた視界は、この事故を契機に自分にようやくはっきりしてきたことが、もうずいぶんと前から起こっていたことだったことを私に教えた。まずやってきたのは、一九九一年、二〇〇一年、二〇一一年というほぼ一〇年ごとの節目を刻んで、この変化が自分のもとに到達してきていたという、過渡期的、あるいは段階的な感触である。

右にあげた三つの年のうち、最初の一九九一年は、ソ連が消滅した年にあたっている。一九一七年に世界ではじめてその萌芽を見せた共産主義体制が、七四年の実験の果てに、この年、とうとう崩壊した。

このとき何が起こっていたのか。このできごとの意味したものを、明確な仕方で明らかにした著作に、一九九二年、フランシス・フクヤマの書いた『歴史の終わり』がある。

この本は、ソ連消滅によって米ソ冷戦で米国流のリベラルな民主主義が決定的に勝利したと述べたものとして、世界中の多くの評者を刺激し、ほとんどの場合、激しい批判の対象とされたのだが、私の考えでは、それはやや近視眼的な反応である。この本の主眼はそこにはない。私は、先に柄谷行人が述べていたように、このとき、無意識のうちに私たちがソ連の存在のうちに仮託していた、ある大切なものが、歴史の地平から決定的に退場したのだと思っている。柄谷の場合、それは一九四五年よりもほぼ一世紀早い一八四八年の『共産党宣言』にはじまる、「資本と国家への闘争」をめぐる未来の理念がとうとう消えたということだったが（前出『トランスクリティーク』序文での発言）、フクヤマの場合にはそれが、もう少し射程の長い、「歴史の終わり」を意味している。

フクヤマの著書は、正確には『歴史の終わりと最後の人間 *The End of History and the Last Man*』という。彼は、ソ連の消滅にリベラルな民主主義の勝利というにとどまらず、未来の消滅というできごとを見出す。ソ連の消滅を、人類からどのような未来の構想も消えてしまう事態がはじめて生じたと受けとり、未来への投企なしに、では、人間はどのように生きることができるのかと、問うているのである。

したがって、ここでの問いは『共産党宣言』の構想よりもほぼ二〇〇年早い一六五一年の『リヴァイアサン』の構想に対応している、と私には感じられる。

政治哲学は未来に向けての約束——信約——の上に立つ。ホッブズは「未来を現在の統制下に置く」ことをめざしたが、ソ連の消滅は、その「未来」を再び「現在の統制」から外し、偶然の境域へと差し戻しているのである。

むろんフクヤマは、そのような意味で「歴史の終わり」を語っているのではない。とはいえ、彼の観点はヘーゲルまでさかのぼる。「歴史の終わり」も「最後の人間」も、アイディアはともにフランスに生きたヘーゲル学者アレクサンドル・コジェーヴ（一九〇二〜六八）の著作からとられている。

そのうち、「歴史の終わり」は、こうである。

ヘーゲルは、一八〇六年、『精神現象学』の執筆中に員外教授をしていたイエーナで、プロシャとの会戦に勝利し陣地視察に馬にまたがったナポレオンを見て、世界精神が馬上にあって過ぎるのを見たと友人宛の手紙に書く。そして市民革命をへたフランスのナポレオン軍がプロシャの絶対王政の軍隊を打ち破った事実を、自由、平等という人類の最終的な理念が普遍化への途に就いた端緒とみなし、——ここはコジェーヴ経由で——「歴史の終わり」が現前していると考えた。

ここに「歴史の終わり」があるとは、人類の歴史は人々の自由と平等という理念の実現で、終点を迎える、ということだ。コジェーヴは、私たちは「歴史の終わり」以後を生きている、と述べたと考えることもできる。でもむろん、それで歴史が終わらなかったことを私たちは知っている。ヘーゲルが一八三一年に死去すると、その後、発展をはじめた資本制システムは国家間の競争を激化させ、内部に富裕階級と貧困階級の格差を生み出す。そしてやがて、この矛盾を克服するための新しい考え方として社会主義、共産主義が登場し、多くの意識的な知識人たちを動かすようになる。マルクスとエンゲルスによる『共産党宣言』が一八四八年に刊行され、一八六四年には社会主義者の国際組織が生まれ、以後、世の知識分子にとってはこの社会主義あるいは共産主義の考え方こそが、リベラルな民主主義と資本主義の体制と国民国家の争闘に基礎を置く社会の矛盾を抜本的に克服する（あるいは揚棄する）、唯一の道と考えられるようになる。

その延長に、第一次世界大戦戦時下での一九一七年のロシア革命、そして、それに呼応して起こった一九一八年のドイツ革命（これは失敗する）があり、以後、マルクス主義が唯一の未来への扉——人類にとっての夢のカギ——であり続けるようになるのである。

だから、私の考えをいえば、一九九一年にソ連の消滅とともに終焉し、姿を消しているのは、一九四五年以来の東西冷戦でも、一九二二年に生まれたソ連という人類初の共産主義国家でも、マルクスを可能性の中心とする一八四八年以来の共産主義思想とその理念でもない。そうではなく、ヘーゲルが一八〇六年に一度、その端緒を見たという「歴史の終わり」、つまり、もう少し長いレンジの上に立つ「人間の未来」（竹田青嗣）が、ここでいったん、見失われようとしているのである。

近代以降、私たちは歴史を人類の最終的な自己実現という目的にそって進むものと漠然と考えてきた。どこかに輝かしい明日、未来というものがあると、無意識のうちに感じてきた。でも、そういう見方は古代の以前からあったわけではない。それは、じつは「未来の創出」というホッブズ以来の企てによって準備され、日の目を見たもので、そういう時代を私たちは近代と呼んできたのである。

だから、フクヤマは、ここで、淵源をたどれば一七世紀に世界に現れた新しい人間の生き方の磁気が、役割を終えた、以後、羅針盤が北を指さない時代がくると述べたことになる。ソ連消滅の前後に、それはなくなった。それまでは「彼ら（共産主義国——引用者）が存続するかぎり、（彼らに）たんに否定的であるだけで、何かをやったような気になれた」。しかし一九九〇年前後に、「彼らが崩壊したとき、私は自身が逆説的に彼らに依存していたことに気づいた。私は何か積極的なことをいわなければならないと感じ始めた」と、その一〇年後に述べた柄谷行人は、少なくともこの未来の空白にいち早く気づいた点、鋭敏だったし、それを率直に吐露した分、他の人より正直だったのである。

これ以後、私たちは、突然退場した未来の空白を埋めるべく、これに代わる未来の構想を自分で準備しなくてはならなくなった。そこに問われていたのは、どのようなことだろう。どう考えれば、近代の起点とは異なる未来の展望が開けるか。私を含め、気づく人は少なかったが、そこにあるのは近代の起点でホッブズが前にしたのと同型の問いだったのである。その問いに、じつはホッブズとは別の仕方で、答えることが求められていたのだ。問いはこうである。

未来に希望がなくて、本当に人は、生きていけるのか、と。

ここにあるものが、先に定義しておいた「有限性の近代」の問いの範型に叶っていることに注意しよう。今後、世界の政治はどう動いていくか、ではない。フクヤマはこれを、政治のでも、近代のでもなく、人間の問いとして差しだしている。答えがやや狭いものだったにしても、彼は問いをきわめて正当に受けとめているのである。

これもコジェーヴ経由の概念だが、フクヤマの「最後の人間」という主題は、そういう問題意識からやってきている。「最後の人間」は、ニーチェの『ツァラトゥストラ』に、

わざわいなるかな！　人間がもはや星を産まなくなる時が来る。わざわいなるかな！　自分自身をもはや軽蔑することができない最も軽蔑すべき人間の時が来る。見よ！　わたしはきみたちに最後の人間を示す。（第一部序章第五節）

と書かれ、

彼の種族はノミトビヨロイムシのように根絶しがたい。最後の人間は最も長く生きる。（同前）

と記される、退落的な存在である。現実に（ヘーゲルがいう意味での）否定性を感じない、したがって現実を変革しようと考えない、その意味で未来を必要としない人間が、ここに想定される最終存在の雛型なのだ。

コジェーヴが、そのような「最後の人間」の類型例として、注記して、物質的欲求の追求に自足し、いわば動物化したアメリカ的類型と、スノッブ（形式的洗練と疑似の高貴さ）的ありかたに淫する日本的類型をあげたことは、よく知られている。またフクヤマ自身がこの空白を埋めるものとして、プラトンの人間の三要素、欲望、理性、気概から引いて、その著の後半を気概（テューモス）の大切さを強調するのに費やしていることも、周知の通りである。でも、著作の後段を占めるこの気概をめぐる議論を、私はそれほど有効な議論であるとは受けとっていない。

ここにぽっかりと穴をあけているものの広がりを見れば、それが、「気概」という古典古代以来の人間の力によって埋められるものとは、とうてい、思われないからだ。

ここでフクヤマがいいあてようとしていた「歴史の終わり」とは、何の「終わり」か。

それは、東西冷戦の終わりでも、初の共産主義国の試みの破綻でも、マルクス主義思想の体現する未来の夢の終わりでもない。近代の終わり、ヘーゲルのいう世界史の終わりですらないかもしれない。いまになってわかるのは、それが、これらをささえていたもっと長い射程をもつ世界の考え方の、「終わりのはじまり」だったのではないかということである。

前年のソ連の消滅が、そのようなものとして見えてくるように、この後の世界と思想は、動いてきたのである。

二〇〇一、世界心情

一九九一年のソ連消滅後、ありていにはアメリカの一極化現象といわれるものが世界を覆う。具体的には、それ以後の一〇年間の世界をもっとも深く動かしていたのはインターネットの広まりをもたらした情報通信革命とそれに連動する金融資本主義の席巻（グローバリゼーションと呼ばれた）なのだが、その結果、アメリカを標準規格にする形で世界は一つとなり、それへの応答として二〇〇一年、アメリカで九・一一の同時多発テロが起こる。

このときも、多くの論評がなされ、さまざまな見方が示された。でも、いまの目からは、一九九一年の事態が「未来の杜絶」という通時的な課題を提示するものだったとすれば、二〇〇一年の危機は、「世界は一つ」という共時的な課題を私たちの全員につきつけた点に本質があったと、私は考える。

九・一一の同時多発テロは、南の社会からの声が一瞬世界を覆ったものとして、ある啓示的な意味をもっていた。それは、北という内部と南という外部とからなる世界像が、世界の実像の一面をしか伝えない不十分な世界理解であることを、これまでにないやりかたで、世界のすべての人々に伝えた。

むろんそのようなことが実証的に証明されえないことは、私にもわかっているのだが、このできごとは、これまでさまざまな世界的な事件、世界史的なできごと、たとえば初の有人宇宙飛行、キューバ危機、ソ連の崩壊、さらにおおもとの第二次世界大戦の勃発といったことですら、世界のすべての人々を巻き込み、すべての人々に伝わったとはいえなかったのに対し、その伝わらない構造を壊すはじめての動きであったといえる点で、これまでと違っていたのである。

一九三九年、第二次世界大戦が勃発したとき、それはアフリカの荒蕪の地にたたずむ一人のマサイ族の狩猟者には伝わらないことだったろう。たとえ情報としてその報知が届けられても、その報知は彼には意味をなさなかったはずである。なぜなら彼は、このとき、旧世界の住人と目され、世界の員数に数えられておらず、そのできごとは彼を排除する別の世界の内部で起こっていたからだ。

でも、二〇〇一年、アル・カイーダという南の原理主義者組織が米国の世界貿易センターなどに捨て身のテロ攻撃を行ったというできごとには、これまでそうした世界の員数に数えられていなかった人々にこそ意味をなす、あるメッセージが含まれていた。それは、世界が「員数外」の人間を排除して成り立ってきたことを受けて、そういう世界への員数の外からの攻撃という意味をもっていたからだ。たとえその報知が実際に届かなくとも、また届いたとしてそこで意味をなさなくとも、それはたとえばかつて未開の地と呼ばれたニューギニア高地の人々にも意味をもつ——彼らがいま世界においてもっている意味に届きうる——できごとだったのである。

世界の資本制システムは一九九一年のソ連邦の消滅をへて、いわば第二世界（東側世界）の第一世界（西側世界）への繰り入れを完了していたのだが、その後のグローバリゼーションをへて、今度は残る第三世界（南側の国々）をも第一世界（北側）の金融システムの中に繰り入れて、すべてを「北」化する形で世界の一体化をめざすものだった。ちょうどそれまで排除していた労働者を消費サイクルに繰り込むことで産業資本主義が成立すると、それ以後は消費者も労働者もなくなるように、いまや、西と東もなく、北と南もない。北の南にたいする〝搾取〟は、それまでの南を員数外にする形から、グローバリゼーションをへて今度は員数に繰り入れる形に、後に用いるコトバでいえば、ミシェル・フーコーのいう「生-政治」の方向へと、深められる。北からの「北も南も一緒の世界である」という言明は、その支配側の宣言を意味していたが、「南もまた世界であり、世界の外部なのではない」という宣言が北からではなく、南から、それも軍事的な力によって示されたのは、このときが第二次世界大戦後では、はじめてのことだった。

その意味では、米国でこれがパール・ハーバーに次ぐ衝撃と憤怒の対象となったことには理由がある。米国の一般市民から見れば、ともに「卑劣な術策」を弄した突発的襲撃であったことが、この二つの共通点だったが、これらは、何より、これまで自分たちにとっては客体（員数外Rest）であった世界の向こう側からやってきた、はじめての物理力を伴う声である点で、より深く共通していたのである。それは、観客として対面するスクリーンから飛んでくるありうべからざる礫として、彼ら、アメリカの一般市民を撲った。

また、これは、「成長の限界」の論者が警告してきた地球の有限性の事態のさらなる深刻化を示す事態でもあった。地球の有限性は、これまで環境汚染、資源枯渇のほかにも人口爆発、南北格差の拡大という問題として取りあげられてきたのだが、この頃までに、地球温暖化、気候変動、酸性雨、大気汚染、エネルギー危機、巨大産業事故の続発、また食糧危機といった形で、いわば自ら声をあげるようになっていた。この九・一一の同時多発テロは、これに加えて南北格差もまた、自ら声をあげうることを示したのである。

さて、このあたりで私自身のことにも、ふれておこう。

一九九一年、わたしはどうしていたか。二〇〇一年、わたしはどこにいたか。

一九九一年、ソ連邦が崩壊し、未来がぽっかりと空白を浮かべたとき、私は日本でその頃、「何か積極的なことをいわなければならないと感じ始め」ていた柄谷行人らのはじめた湾岸戦争反戦署名の運動を手厳しく批判する側に立っていた（「これは批評ではない」一九九一年）。むろん、湾岸戦争への日本政府の加担に賛成してのことではない。その運動が、苦境にある日本の戦後のあり方を自分のこととして受けとめるのでなく、いわばつまみ食い的に蚕食することで、自らは面目を一新しつつその先に進み出ようとする、軽薄な〝父の「切り捨て」〟と見えたことが、その理由である。

この「積極的な」行動は、私の目には、これまでの戦後を否定するのでも批判するのでもない代わり、おいしいところをつまみ食いして後は捨てる、戦後の継承の放棄を示す「亡恩的な」ふるまいと見えた。この感じはなかなか人に伝えがたいが、戦後を批判的に継承するのでなく、別個の戦後をもってきてこれを古物利用するスリカエ行為のようにも、また、これまで日本の文脈で〝使用価値〟として語られてきた戦後を、今度は世界の文脈で〝交換価値〟として取りあげ、事情を知らない人間に高く売りつける巧妙な意味の交換行為というようにも、私には感じられたのである。日本で世界のことを考えようとすると、先に述べたような二つの文脈の併存がそこにあるため、遠距離貿易の際に生じるのにも似た新たな意味（価値）の創出が可能になる。そしてそれはときに不労所得を意味する。

このとき、バブル期の日本にはかつてないほど外国人ジャーナリストたちが集まっていた。日本について知らない、しかし世界への発信力をもつ彼らを前に「日本外国特派員協会」で行われた記者会見の席で、このときの反戦署名の声明は、こう述べている。曰く、

戦後日本の憲法には、「戦争の放棄」という項目がある。それは、他国からの強制ではなく、日本人の自発的な選択として保持されてきた。それは、第二次世界大戦を「最終戦争」として闘った日本人の反省、とりわけアジア諸国に対する加害への反省に基づいている。のみならず、この項目には、二つの世界大戦を経た西洋人自身の祈念が書き込まれているとわれわれは信じる。世界史の大きな転換期を迎えた今、われわれは現行憲法の「戦争の放棄」の理念こそが最も普遍的、かつラディカルであると信じる。（「『文学者の討論集会事務局』名で発表された声明2」小山鉄郎『文学者追跡1990年1月〜1992年3月』文

藝春秋、一六二頁より再引用）

私にも署名を要請する書面が届いていたが、一読して、もし、何も知らない外国人ジャーナリストがこれを鵜呑みにするようであれば、この言明は詐欺的な意味をもつことになるだろう、と私は感じた。なぜなら、鍛えあげればここに記されたような存在にもなりうるだろう憲法九条の栄光と悲惨をめぐって、日本では戦後、護憲派と改憲派が不毛な争いを続けてきた。そこではつねに理念の栄光と現実の悲惨がコインの表裏をなしていたのだが、この声明の論理は、そのうち「使える」ところだけをつまみ食いし、つぎはぎすることで作り上げられた、捏造物ないし贋造物でしかなかったからである。

憲法第九条はそのつぎはぎの結果、「他国からの強制ではな」いものとされ、日本人の自発性の産物とされた。さらに日本人の「アジア諸国に対する加害への反省」と「二つの世界大戦を経た西洋人自身の祈念」が、ともにそこに書き込まれた希有の存在として提示された。でもつぎはぎであるため、そこでは誰がそれをいつ「書き込」んだのか、ということが巧妙にボカされている。それは端的にいって、一九七〇年代後半の江藤淳の、「戦後」は「虚妄」だったという主張が歴史の修正にあたっていたというのと同じ意味で、もう一つの歴史修正の企てをも意味していたのである。江藤は戦後を知らない若い読者層をターゲットに、まだしも逆風に抗して「戦後」は「虚妄」だという言説を言挙げしていたのだが、このときの柄谷らの言説は、私の目に、それよりも数等たちが悪いもの、日本を知らない国内外の読者層をターゲットに、バブル景気の順風に乗って「戦後憲法」をいわば砂上の楼閣的に捏造構築する、一種の地上げ行為に類するものと見えたのである。

しかし、私の考えでは、「戦後」はそのようにもはや国内で命脈のつきかけたものとして見切りをつけられるべきものでも、世界のなかで別物として古物利用されるべきものでもない。逆に老いさらばえた姿のままに、国内の文脈のもとで批判的に、しかし正対して継承されるべき対象だった。そうしなければ、何か大切なものが消える。いわばボロボロになった戦後から「すらっと」身をそらす彼らの仕方に、私はこういう場合にありうべからざる腰の軽さを感じた。

私のこうした考えは、このときの経験をへて、四年後、一九九五年に「敗戦後論」という形をとる。最初の著作『アメリカの影』がベックの『リスク社会』の前年の刊行だったのに対し、こちらは見田の『現代社会の理論』の前年の発表にあたる。見田の『現代社会の理論』がベックの『リスク社会』の一〇年後の刊行であるように、私の「敗戦後論」はドイツの歴史家論争の九年後に書かれる。ベックが後期近代の世界の変容を前にリスクに注目し、さらに一〇年後、見田が一九九一年をへて消費の本源的な意味に手をかけようとしていた頃、私は、日本の戦後の最後の窮状ともいうべきものにつきあい、なお足をもつれさせつつ、かかずらっていた。

そして、こういう私に、未来と世界の問題を考えなくては日本の問題をもう一歩も先に考え進めることができないと感じさせるできごととして、二〇〇一年、九・一一の同時多発テロがやってくる。

この全世界を震撼させたできごとは、当時、もうこれまでのやり方ではやっていけないこと、つまり、国民国家と資本制システムのもとで米国主導の世界体制にいたったこれまでのあり方を変えなければ「世界が壊れる」ことを示す事態として、受けとめられた。しかし私は、一九九一年のマルクス主義思想の可能性の杜絶を受けて現れたこの二〇〇一年の課題を、再び――国民国家と資本制システムの廃棄をめざす――一九九一年以前のやり方で解決しようというのでは、一つの後退になる、ここに顔を出している問題から目をそらすことになるだろう、と考えた。問われているのは、むしろ「革命」を禁じ手としてつきつけられた問題にどう向きあうか、ということだった。

当時、人の心をつかんだのは前年に現れたアントニオ・ネグリ、マイケル・ハートの共著『帝国』などに提示された「帝国」という新概念である。世界の中で一極化を実現したアメリカを新しいタイプの「帝国」とみなし、そのうえで、これにどう対抗、抵抗できるかが、さまざまな仕方で問われた。でも、ほんとうのところ、ここにさしだされていたのは、どうすれば「世界は一つ」というあり方を、北主導ではなく、もう一度、あるいは新しく、作りだすことができるか、という課題だったのだと思う。ネグリたちの「マルチチュード」という概念は群衆という意味でホッブズの『リヴァイアサン』を出典の一つとしているのだが、そうみれば、「マルチチュード」も、「帝国」に対するもう一つの代替的な「世界は一つ」という考え方だったといえるのである。

私は、このとき、見田宗介を中心にしたやや大がかりなシンポジウムを一つ企画している。一九九六年の見田の『現代社会の理論』が、ここで問題を考える一つの出発点になると考え、見田に参加を乞い、これに見田より一一歳若い橋爪大三郎、さらに一一歳若い宮台真司という三人の社会学者に哲学の竹田青嗣を加えた顔ぶれで、二〇〇二年、私が司会し、「9・11以後の国家と社会をめぐって」と題するシンポジウムを開催した（明治学院大学主催）。

九・一一の同時多発テロというできごとは私に二つのことを考えさせた。一つは、この知らせが自分にいわばメトニミック（換喩的）に届いたということである。メトニミックとはメタフォリック（隠喩的）の対位語で、ここでは「頭と心と体」が情報を各自別個、ばらばらに受信するさまをさしている。世界貿易センター崩壊というテロの情報は、図像と意味と衝撃をともなって私に分散的に届いたが、そのありように呼応するように、このできごとをどう受けとめるべきか、それを一つにまとめることができない、ということが、私に生じた。――アメリカの犠牲者を悼む気持と、このようなテロ行為を行うまでに追いつめられた中東の一部の原理主義者たちの心情を思いやる気持と、世界が新しい試練の段階に入ったという認識とが、私の中で像を結ばず、浮遊することをやめない。そのことが、これまでにないことだと私には感じられた。

でも、その後、テロを敢行したアル・カイーダを匿っているとの理由でブッシュ政権がアフガン報復爆撃をはじめると、これに重なり、別個の心の動きが私に生じた。

私はそれまで一九九一年の湾岸戦争反戦署名運動への批判がそうであるように、つねに時の最新流行の移入思想に動かされる日本国内の思潮傾向に疑いを感じてきた。私とてかつてはそうだったのだが、これは学生時代に反体制運動(全共闘運動)に関わってその結果、連合赤軍事件が生み出されたことへの私なりの反省の念から生じた、動かしえない思想態度である。それで、このときも、ポストコロニアルふうの反米的な主張、ポストマルクス主義ふうの「国民国家と資本制システムの打倒」といった論調には、「連赤」の教訓を忘れた同じ種類の腰の軽さを感じ、ややうんざりした気持をもっていた。そのため、これらの人々が称揚するイラン人監督モフセン・マフマルバフの「アフガニスタンの仏像は破壊されたのではない、恥辱のあまり崩れ落ちたのだ」という文章も、すぐに読もうとは考えなかった。そこにはきっとそれらしい「正義の抗議」が書かれているだろうと思ったからである。

しかし、私の予想ははずれた。そのシンポジウムで、私は、九・一一以後私の足場が「国家」から新しく「社会」に変わった背景の一つを、こう述べている。マフマルバフの本は、

でも、何かの折に読んでみたらそのようなものではなく、とてもひっそりとした痛切な文章だったので、心動かされました。そして、奇妙なことに、そのこと――自分が、この種の文章に動かされたこと――に、ほっと安堵する気持ちを覚えたのです。

なぜ僕は安堵したのでしょうか。そのことが僕に自省を促しました。そして、このアフガンの人々を気の毒だと感じる、その心情には動かしがたいものがある、疑えないものがある、それに論理と思考の形を与える際に、かつてのメタフォリックな世界が消えつつあ

る現在、むしろ繊細さが求められるようになっている、と考えました。（『世界心情』と『換喩的な世界』――9・11で何が変わったのか」『国際学研究』二四号、二〇〇三年）

その「アフガンの人々を気の毒だと感じる」心情に、私は「世界心情」という名前を与えている。その意味は、これに先立って書いた文章から引けば「この世界に住むどんな人にも通じる（はず――とそう思える――）共通分母をなす感情のこと」である。

どんな世界への関与も、こういう世界心情の裏打ちをもたなければ、人に訴える力をもちません。これはある一つの社会の内部に生きる人々への共感に裏打ちされた感情で、……その社会の内側に生きる人の身になって物事を考え、感じるという心の動きを、さしていいます。（「『ポッカリあいた心の穴』――九月十一日以後の世界の、はじめに」『ポッカリあいた心の穴を少しずつ埋めてゆくんだ』二〇〇二年）

理不尽な爆撃のもとにおかれた人々への「気の毒だ」という感情。それだけとれば、これはたとえばベトナム戦争のときの北爆、空爆下におかれたベトナムの人々への同情、連帯の気持ちと違うものではない。けれども、ベトナム戦争のときには、それは直ちにアメリカへの「抗議」へと転換、翻訳できる感情だった。世界はこのとき、私の言葉でいえばメタフォリックに一意の「像」として存在しており、そこでは「よくない」と心に感じられることはそのまま

「正しくない」と頭が認識し、「いやだ」と身体が反応することだったのである。何が善で何が悪かは、瞭然としていた。

しかし、「頭と心と体」が分裂し、一つのできごとが錯綜した意味あいをともない、多重人格的に複数の「像」として現れる世界で、この「心情」がもつ意味は、かつてのばあいとは大きく異なっている。何が真で、善で、美であるかわからないとき、何を足場に考えるべきなのか。この「気の毒だと感じる、その心情」は、そういう状況のもとに現れ、私に反省を強いた。それは私自身の経験に根ざした移入思想、ポストモダン思想嫌いを、捨てさせたのだが、その時私は意外にも、解放されたと感じ、「安堵」した。この心情の発見は私を教育した。それは、私の国内での経験に培われた考え方が、このたび世界に起こったできごとから新しい感じ方の洗礼を受けたというに等しいできごとだった。

9・11以降、時間がたつにつれて、次第に見えてきたことがあります。それは、この出来事をへて、南北問題、資源問題、人口問題、環境問題といった全地球規模の世界問題は、ある新しい段階に足を踏み入れたのではないか、ということです。この出来事の後、『世界がもし１００人の村だったら』といったインターネット発の寓話が人々の心を捕らえました。世界が改めて一つの共同世界――「内在」もしくは「交響圏」と考えてみることもできる――として人々に意識されたのですが、そこには、さまざまな単純化の危険があるとはいえ、拭いようのない形で、一つの新しい「世界心情」の誕生が刻印されています。（「『世界心情』と『換喩的な世界』――9・11で何が変わったのか」）

『世界がもし100人の村だったら』は、日本語版で、こんなふうにはじまる。「世界には63億人の／人がいますが／もしもそれを／100人の村に縮めると／どうなるでしょう。／100人のうち／52人が女性です／48人が男性です／30人が子どもで／70人が大人です／そのうち7人が／お年寄りです」。

そして、こうした記述がやがて「すべての富のうち／6人が59％をもっていて／みんなアメリカ合衆国の人です／74人が39％を／20人が、たったの2％を／分けあっています」、「すべてのエネルギーのうち／20人が80％を使い／80人が20％を分けあっています」と展開していくのだが、この寓話の発信者に擬されていたのが、『成長の限界』の最初の四人の書き手の一人であるドネラ・H・メドウズだった。

『成長の限界』は、先に少しふれたようにローマ・クラブの委嘱を受けた米国のMITの研究プロジェクトチームが、そのための分析プログラムを開発し、コンピュータを駆使して得た調査結果をもとにしている。その研究プロジェクト主査のデニス・L・メドウズのパートナーとして、著作『成長の限界』のコンピュータ操作、図表作成、執筆に大きな役割を果たしたのが、ドネラだが、彼女は、第一版、第二版に続き、第三版の『成長の限界　人類の選択』の執筆準備中、二〇〇一年に亡くなる。

二〇〇一年の初め、われわれのメンバーの一人であったドネラ・メドウズが亡くなる前に、われわれは、彼女がこよなく愛した本の〝三〇年後〟を完成させると約束した。しかし、その過程で、三人の著者の抱いている希望や期待に大きな違いがあることを再び思い起こすことになった。

こう書かれる二〇〇四年の第三版(『成長の限界 人類の選択』)の序文のなかで、ドネラは、三人の著者中、もっとも希望にみちた未来を確信する理想家肌の人物として描かれている。「ドネラは、どんなときも楽観的だった。思いやりにあふれる彼女は、人間を信じていた」「ドネラはこの理想のために、その生涯をかけたのだ」云々。

そして九・一一の直後、本として刊行された『世界がもし100人の村だったら』は、日本語版でいうと、

本書を2001年2月に亡くなられたドネラ・メドウズさんに捧げる。/その共著『成長の限界』と『限界を超えて』は、環境問題に警鐘を鳴らす古典的名著である。世界が限界を乗り越えるための働き手の誕生を夢見ていた彼女は、1985年、新聞コラムを書き始めた。のちにその抜粋が『ザ・グローバル・シチズン』にまとめられたが、そこに収められなかった1篇のエッセイが、インターネットの海に投げこまれた。(『世界がもし100人の村だったら』献辞、二〇〇一年一二月)

とはじまる。ちなみにこの都市伝説の起点も、一九八〇年代なかばである。

私は二〇〇一年当時、このできごとと『成長の限界』のつながりには関心がなかった。この本自体、あまりにあからさまな報道ぶりに、それが喧伝されたおりには買うこともしなかったのだが、いま、その波及のさまを想像上の地球儀の上で再現するなら、この波及は中東のどこか、米国世界貿易センターの対極にあたる南の最貧点を源泉にして起こり、あっという間に世界中に広がったもう一つの波動の存在を代行象徴していると感じられる。

九・一一は、一瞬の夢として『成長の限界』の理念ならぬ理想心情を世界大に拡散波及させた。人類を有限のモデルとして、一つのものと感じる心情は、これまでも宇宙船地球号など、より大きな無限との対比で浮上することがあった。でも、より大きな外部（宇宙）との比較でなしに、むしろ人類内部の亀裂を契機に、その小ささと有限ぶりが強調されたのは、これがはじめてのことだったかもしれない。

それは、象徴的にいえば、北の主導による世界の一体化はどのようにしても「頭と心と体」がばらばらな、金融とインターネットと物流とからなる世界化――換喩性――となってあらわれるほかないが、これを一つのものとして考える足場――世界心情――は、南の主導によってしか現れえないという、予兆的な啓示でもあった。私にとってそれは戦後の問題をこの先、考え続けるためにも、もはや世界の問題に目をつむることはできないという事実に気づくできごとだった。

二〇一一、見田宗介と「軸の時代」

見田宗介は、このときの二〇〇二年のシンポジウムでは「アポカリプス」という力のこもった基調講演を行っている。その主題は、いま、二つに割れた世界がもう一度一つになるための条件とは、どのようなものか、ということである。

見田は述べている。二〇〇一年の同時多発テロは、自分にD・H・ロレンスの最晩年の書『アポカリプス』と吉本隆明の若年に書かれた論考「マチウ書試論」を思い出させた。前者の「アポカリプス」とは「ヨハネの黙示録」のことであり、後者の「マチウ書」は「マタイ伝」のことである。「マタイ伝」は新約聖書の冒頭、「ヨハネの黙示録」はその末尾にくる。それらはともに聖書の倫理にふれて書かれ、現在貧しく、疎外され、不遇の極にあるものが世界の富、栄えているものに対して抱く怨嗟、報復の感情の絶対性ともいうべきものを論じている。両者の共通点は、この怨嗟、報復の感情が解決できない理由を、この対立関係の絶対的な不動性——関係の絶対性——のうちに見ていることである。

ロレンスは、炭鉱夫だった父とその仲間たちが不遇で貧しいキリスト教徒としてこの世の栄華の頂点にある存在にいかに怨嗟と報復の感情を抱いていたかを知っており、そのような「憎悪の倫理化」が何によって解除されるのかという問題意識を心に刻んだ。『アポカリプス』の福田恆存訳のタイトルは『現代人は愛しうるか』である。吉本隆明は、原始キリスト教の反逆の根拠を、それまで信じられてきたような信仰心や反逆心の強さにではなく、当事者がどう考えようと、感じようと、そのこととは無関係の対立関係自体の動かなさ――絶対性――に求める考え方を提示した。そのモチーフを彼は戦時下の一途な皇国青年としての心情体験から汲みだしている。二人の立場は、こうした憎悪、反逆の問題が関係自体の改変なしには、とうてい解決できないものであることを語っている点で共通している。九・一一のイスラム原理主義者の、米国の繁栄と世界席巻に対する憎悪の表現は、その解決のつけがたさを痛感させることで、見田にこの二つの著作を想起させたのである。

ところで、これらの関係の淵源をなすのは文明社会の成立であり、その前提をなす社会と国家の成立である。そしてその二つは起源を、人間が「氏族とか部族とかいう共同体の内部の存在からぬけ出して、『都市』や交易のシステム」、「間・共同体的な」システムのなかで異質な他者と「関係の分厚い現実性」を生きはじめた時期まで遡る（見田「アポカリプス」）。そうした間・共同体的システムが世界に現れるのは、貨幣経済のシステムが生まれ、都市が活発な交易の中心となる紀元前八―前三世紀、ちょうどカール・ヤスパースが「軸の時代」と呼んだ世界各地同時多発の文明勃興期のことである。

ここから、「このような発生機の『社会』の中で、人間はどう生きたらいいのか」という問題が生まれてくる。

この「軸の時代」の、巨大な思想、宗教、哲学が解決し残した一つの問題、それが「関係の絶対性」の問題でした。(「アポカリプス」『国際学研究』二四号)

とすれば、紀元前五世紀前後を中心とした「軸の時代」にはじまる文明社会の果てに現れた「この限界の主題を超えてゆくための手掛かり」として、両者は、何を残しているのだろうか。

こう問い、見田はいう。

吉本の思想からやってくる答えは、自立である。たとえば独裁的な勢力の支配に苦しむ貧しい国の民衆が、世界の究極の大国「アメリカ」への憎悪という問題を解決するには、これらの国々の民衆自身が、独裁者や独裁的な勢力から自立することをとおして、「アメリカを中心とするグローバリズムの支配からも自立して、自らの幸福と平和と自由を追求するという方向しかない」。また北の国が自分の側からこの問題を克服するにも、(「援助」も有効だとしても)基本的には北の社会が(南への搾取と依存から)「自立すること」が必要であることがわかる。

これに対し、ロレンスが用意している答えは、「思い切りとうとつであり、なんの説得力もないもののようにみえる」。この本の最終章を彼は「死の床で力をふりしぼるようにして書き記した」のだが、それは「書きなぐるように飛躍する文体で、ぼくたちは太陽系の一部分である。地球の生命の一部分であり、ぼくたちの血管を流れているのは海の水である。というようなことがかたられている」だけだからである。たぶん「納得する人はいない」だろう。しかし自分は、これに「深く納得し」た――。

見田は、このようにロレンスの部分については、彼自身「思い切りとうとつ」であまり「説得力もない」ような説明に終始する。でも、このヴィジョンと「現代社会の方向の転換」というアクチュアルな課題とは、つながっている。それが自分の確信だが、これを「具体的に結びつけるには、……何段階もの主題を1つ1つ積み重ねてゆく探究が、なお必要」だろう。彼の二〇〇二年の論は、このようにしめくくられている。

さて、この私の論の文脈で興味深いのは、この文明社会の成立以来人類が解決できなかった難問――関係の絶対性――に対する克服の方途として、見田が、吉本の道とロレンスの道をあげているその仕方が、先に『現代社会の理論』で有限の容器にどう無限性を盛るか、ともいうべき難問に対する方途としてあげられた、イリイチの道とバタイユの道に、照応していることである。

先に彼は、外部の有限性に抵触せずに「単純な至福」に至る道にどのようなものがあるかと問い、一方にイヴァン・イリイチの「外部」を搾取しない「自立共生的」(convivial)な生き方をあげ、他方に、バタイユの商品の購買とは無縁のまま精神の「ほんとうの奢侈」にいたる消尽の「不羈の道」を対置していた。私はこれに、「リスク近代」の考え方と「有限性の近代」の考え方の対比を重ねたのだが、見田は、九・一一を前に、その対位を、吉本の「自立」とロレンスの「生命」との合体という二つのあり方の対位として語っているのである。

このことが意味深いのは、この問題意識の延長で、見田が次に、見田なりの仕方で「有限性の思想」ともいうべきものを立ち上げてくるからだ。彼は、これまで地球の「有限性」の問題はどう克服されるか、と考えてきたのだが、この先、ヤスパースの「軸の時代」という考え方をテコに、第二の「軸の時代」の到来という見通しを掲げ、「有限性に立ち向かう思想」の必要を指摘するようになる。

先にバタイユの「不羈の道」として語られ（『現代社会の理論』）、次にロレンスの「生命」との合体（「アポカリプス」、また『社会学入門』）と述べられたヴィジョンが、そこで今度は、大きな思想的仮説のもと、一つの課題として示されるのである。

そしてじつをいえば、私のこの論も、この見田の第二の「軸の時代」の到来という仮説的構想に刺激を受け、またこれに大きく依拠して、考えはじめられている。

それは次のような、ある意味で驚くべき、長い射程をもつ仮説的構想である。

二〇〇二年のシンポジウムに続き、二〇〇八年、副題に「いかに未来を構想しうるか？」と謳い、「軸の時代Ⅰ/軸の時代Ⅱ」をタイトルに掲げた見田の近業をめぐるシンポジウムが開かれている。前回に続き、やはり私もパネラーとして参加したそのシンポジウム（「軸の時代Ⅰ/軸の時代Ⅱ　いかに未来を構想しうるか？」東京大学大学院人文社会系研究科応用倫理教育プログラム、司会、竹内整一）で、見田は、『現代社会の理論』以降の思考を集大成する自分の構想の大枠を、こう紹介している。

現在の国家と社会をその起源まで遡ると、紀元前八—前三世紀の貨幣経済による間・共同体システムの創設期にいたる。それは、「今日までの文明の基本の思想の原型——ユダヤ教からキリスト教、古代ギリシャの様々な哲学思想、諸子百家から老荘や儒教、バラモン教の哲学から仏教にいたる巨大な思想、哲学、宗教」が世界のほうぼうで独立に同時多発的に一斉に形成された名高い時期と重なっている。しかし、その一致は偶然ではないだろう。貨幣経済を基軸とする「このような発生機の『社会』の中で」、はじめて「人間はどう生きたらいいのか、というぬきさしのならない切迫した問題」との格闘が起こってくる。この格闘のなかから、これらの巨大な思想、哲学、宗教は生まれてくるからである。

さて、この同時多発性に着目して、ヤスパースはこの時代を「軸の時代」と名づける。「軸」(axis)とは世界史が人類全体の歴史としてはじまった基軸がこの時代に据えられたというほどの意味だ。この時期、なぜこのようなことが起こったかについては諸説あり、ヤスパース自身、その答えを保留している。けれども、いま、これらの観点を離れて私(見田)の考えを仮説的に述べれば、それは、人類がそのときはじめて、「無限」というものにふれたからではないだろうか。

世界の地平に「無限性」が浮上して、そのまったく未知の存在に向きあわなくてはならなくなったことが、イオニア、ギリシャ、インド、中国、メソポタミア、イスラエルと、世界のほうぼうで人々がほぼ同時に世界思想、世界哲学、世界宗教を生み出すことになった理由なのではないか。それが、私(見田)のここに述べる有限性の時代にむけた仮説的観点である。

その時期、世界のほうぼうで、都市社会が出現し、共同体から社会への離陸ということが起こっている。なかで決定的な役割を果たすのが、鋳造貨幣の出現である。鋳貨が発明され、流通するようになると、海上貿易が盛んになり、都市が生まれる。そしてそこに住む人間に、はじめて、これまでになかったもの、「無限性の感覚」が訪れるようになる。海の向こうには何があるか。航海はつねに死と隣り合わせでいわば底なしの不安を伴っている。時に代わって時間が、場所に代わって空間が、慣習に代わって法制が、個物の比較に代わって度量衡が、個物の交換に代わって貨幣が、個物の特質に代わって価値が、それぞれ新たに登場してくるだろう。旧約聖書に出てくるコヘーレスの言葉「空の空なるかな」にはこうした「無限」の出現を前にしたダイナミックなおののきが、無根拠感、空虚感とともにこめられているのではないだろうか。この先に、「そういう恐れとおののきをどのように克服したらいいかという課題がうまれてくる」だろう。ほんとうの意味での哲学の誕生である。

ミレトス学派で唯一実際の文章の残るアナクシマンドロスの書物の題名は『ト・アペイロン』という。意味は「限りないもの」、つまり「無限なるものについて」である。いわば世界がはじめてこのとき、無限化している。世界にはじめて無限性というあり方が出現している。それが、この時期、世界思想、世界宗教が同時多発的に起こってきたことの理由だと、考えてみることができるだろう。

こう述べた上で、見田は、この無限性の浮上と、二五〇〇年をへた現在の世界における有限性の浮上とが、人類の生命種としての生物曲線、また人類としての歴史曲線の推移傾向から見て、照応しているのではないか、という。

ある生存に適した有限の生態系の中に放たれた生命種がその環境内で増殖を続けた場合にた

どる変異を示すグラフに、生物学でロジスティック曲線と呼ぶS字型生命曲線がある。その曲線がS字型であることの意味とは、こうである。

たとえば一つの森があって、その森の環境条件によく適合した新しい種の動物が放たれますと、初めは少しずつ増殖していきます。そのあとで、「爆発的」な大増殖期、急激な増殖期を迎えます。（中略）やがてその森の環境容量、つまりその動物が生きるに必要な環境的キャパシティの限界に近づきますと、その動物は増殖を減速させ、そのうちに、それ以上は増殖しないという飽和状態に達し、森の環境との安定平衡期に入ります。このような変化に失敗して滅びる動物もいるわけですが、うまくいった場合はそういうふうな安定平衡期に入ります。（「軸の時代I／軸の時代II——森をめぐる思考の冒険」、『軸の時代I／軸の時代II——いかに未来を構想しうるか？』、二〇〇九年）

S字型曲線は、図1に見るように、最初グラフの左下端より地を這うように右方向に進む（少しずつ増殖する）とやがて急速な、時に「爆発的」な大増殖期を迎え、変曲して上方に転じ（変曲点α）、グラフの右側三分の一くらいまで上向すると今度は環境容量に達し、もう一度減速の方向に変曲して（変曲点β）、再び天井を這う煙のような水平に近い動きに転じる。つまり都合二度の変曲点（αとβ）をもつ。

次に図2として国連人口部の一七五〇年以降の世界人口を曲線と人口増加数（棒グラフ）で

示すグラフを掲げる。一〇〇万年前、人間の祖先は世界人口が一二万五〇〇〇人くらいで、〈道具〉を用いるようになる旧石器時代の終わり、一万年前になってようやく五〇〇万人を越える。それが農耕、牧畜をへて貨幣経済のはじまる紀元前五世紀前後の〈文明〉時代あたりから増殖の度合いを早め、いまから約三六〇年前の「一六五〇年には五億、一七五〇年七億、一八〇〇年九億、一九〇〇年一六億、二〇〇〇年には六〇億と、やむことのない加速を重ねて増殖してきた」(「人間と社会の未来」『社会学入門』)。このうち、一七五〇年以降を図にしたものがこの図2の曲線および棒グラフである。

でもさらにこの図の人口増加数(棒グラフ)を世界の人口増加率に直した図3で見てみると、一九七〇年前後に一転、途上国を加えた総計で、人口増加率が減少に転じていることがわかる。

こうした「世界人口の増加年率」のグラフと一八〇〇年前後の産業革命を機にほぼ水平から急激にほぼ垂直に転じ天井知らずの上向を示す図4の最近一〇〇〇年のエネルギー消費のグラフを並べてみれば、人類の歴史曲線に現れた世界人口変動と地球の環境容量の満杯の相関が、先のS字型生命曲線にそのまま照応し、重なっていることがわかるはずだ。

見田は、こう述べ、右のS字型生命曲線の「第一の変曲点」(増殖の開始)をヤスパースいうところの紀元前五世紀前後の「軸の時代」に同定した上、「第二の変曲点」(減速の開始)をさまざまな地球の有限性問題が浮上してきた一九六〇年代以降の時期に同定することが可能だといい、その照応が示唆しているのは、次のような人類にとっての新たな課題だというのであ

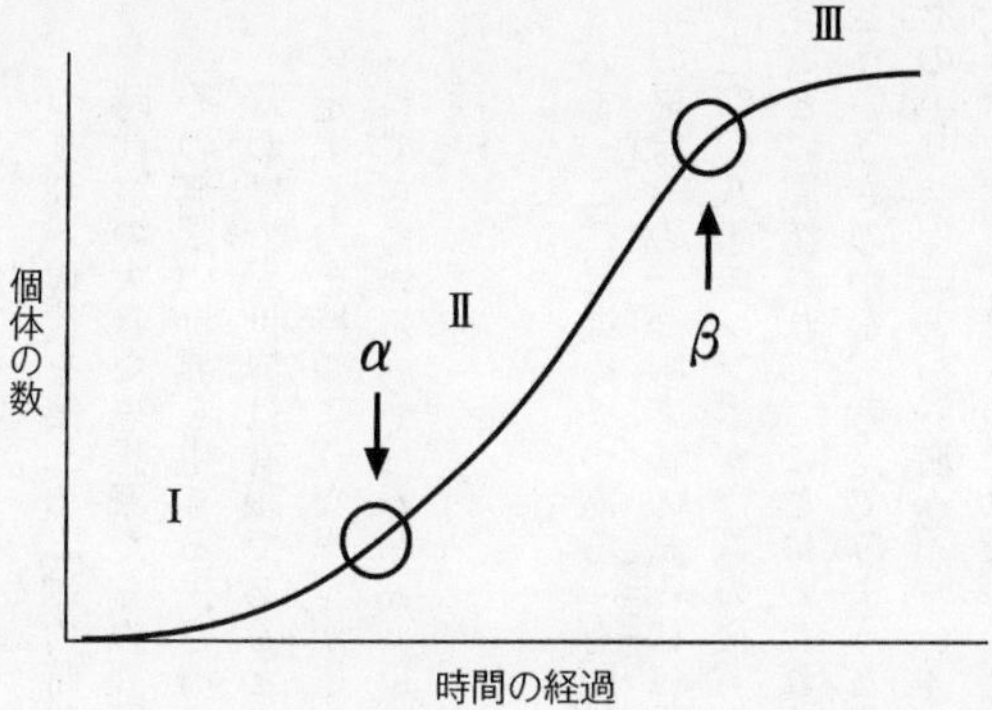

図1　S字型生命曲線と二つの変曲点（αとβ）

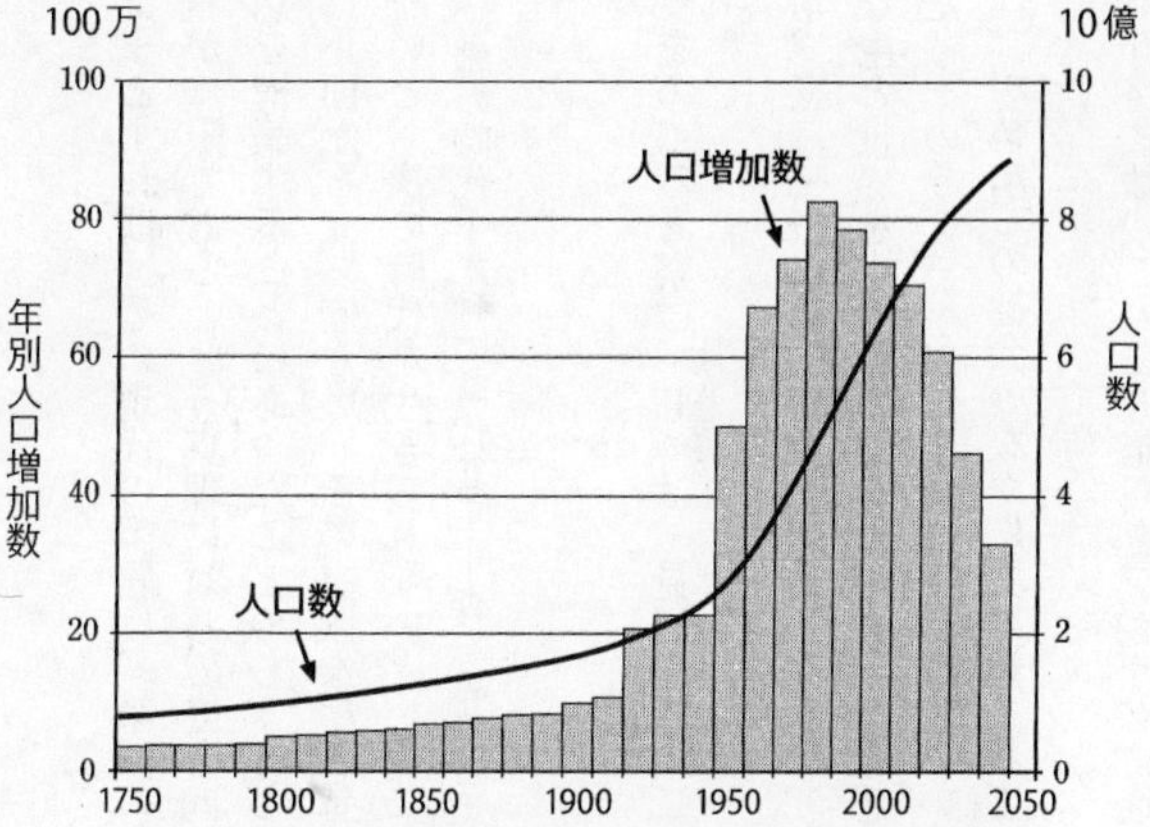

図2　1750年から2050年までの人口動態
United Nations, Population Division

る。

つまり、現代を第二の『軸の時代』にしようとすれば、その現代の課題は、第一の『軸の時代』の大きな思想家たちの課題が、世界が無限であるという真理に対して立ち向かい、その無限の世界を生きる生き方と社会構想を構築することにあったことのちょうど逆になるわけで、世界は有限であるという真理に正面から立ち向かい、その有限な生と世界を肯定する力を持つような思想が生み出されないと、次の時代を生きられないということになってきているのではないかと思います。（「軸の時代Ⅰ／軸の時代Ⅱ――森をめぐる思考の冒険」）

いま、ここに進めつつある「有限性の近代」をめぐる考察は、じつは、見田のこの二〇〇八年の提言への一つの応答の試みにほかならない。

二〇〇八年のシンポジウムの後、二〇一一年、三・一一の原発事故が起こり、私は、このできごとに震撼されて、ここにいわれる「有限な生と世界を肯定する力を持つような思想」とはどういうものかを、考えてみようと思い立った。そのうえで、二五年前に提示されていたベックの「リスク」という概念が、いま、「有限性」が私たちの社会のなかに埋め込まれていることを示すカギとなるのではないかと考えついた。

そこから「有限性の近代」という考えまでの行路には、この二五年間をジグザグに進むしか

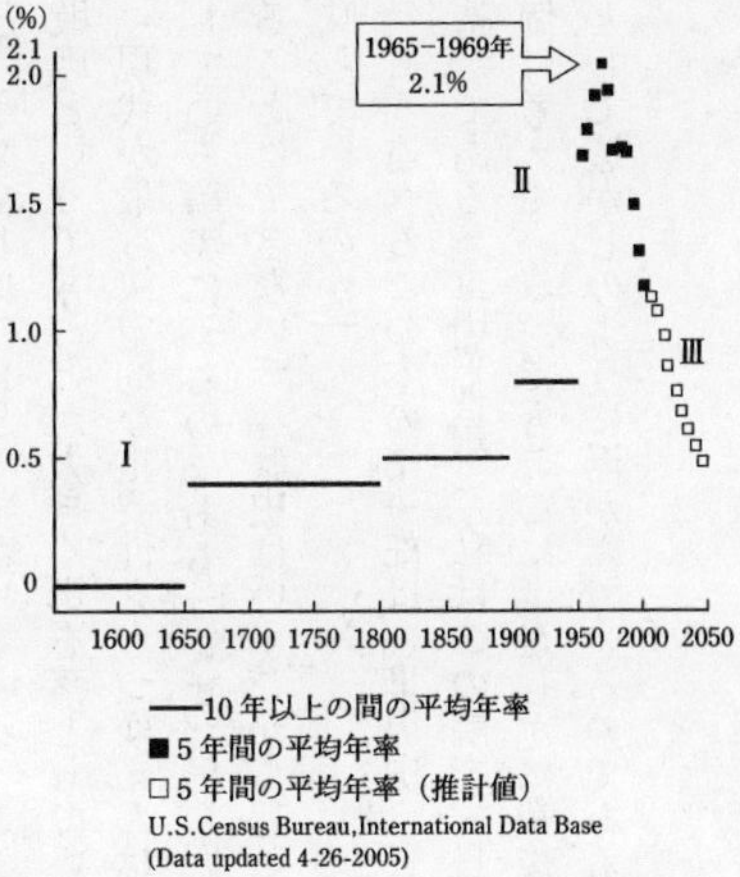

図3　世界人口の増加年率（歴史曲線）

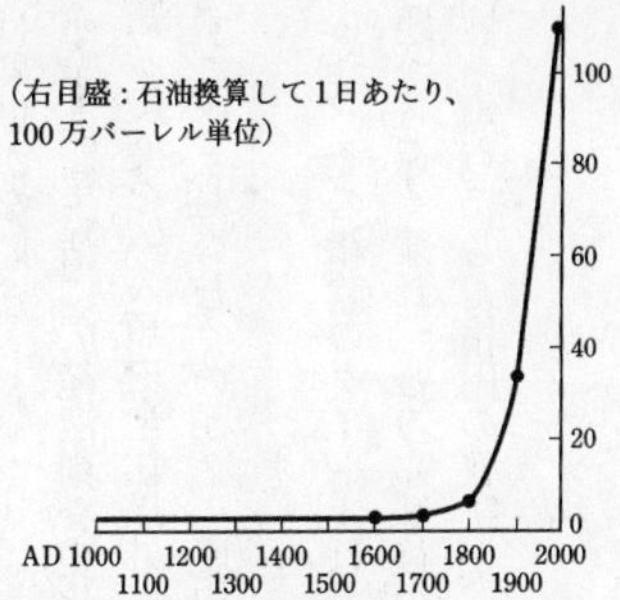

図4　最近1000年間の世界エネルギー消費の変化

（図1・3・4は見田宗介講演「軸の時代I／軸の時代II——森をめぐる思考の冒険」予稿より引用）

なかった私の思想的な経験が作用している。そこには日本とドイツの落差、条件の違いが顔を見せているだろうというのも、先に述べたとおりである。しかし、この見田の構想のもととなった「軸の時代」という考え方を、カール・ヤスパースは一九四九年、『歴史の起原と目標』というタイトルのもとに発表している。ここにこれまで人類が経験した最大の戦争とドイツの敗戦というできごとが大きく影を落としていることは疑いがない。

「現代が最も決定的な重要性をもつゆえんは、それが全人間生活に広範深刻な変化をひき起こしている事実によるのである」。このことの意義を知る尺度を「人類史全体以外にほかに求めることはできない」。「歴史はいずこから起こり、いずこへとおもむくのか? 歴史とは何を意味しているのか」。

こう述べるこの本の第一部は「世界史」と名づけられ、その緒論のタイトルは「世界史の構造」である（重田英世訳）。私はこの論を、日本の問題から遠く離れ、むろん戦後の問題とも別個に考えている。でもここにはたしかに戦後と有限性を焦点にした楕円の軌跡が、一個の図形として透かしのように浮かんでいるのである。

Ⅳ 新しい生態系と技術革新

6　サイバネティックス以後

フィードバック

見田宗介の示唆する、「有限な生と世界を肯定する力を持つような思想」とは、どのような思想をさすのだろうか。

それは、「ゆたかな社会」の論理やポストモダンの論理と違い、世界が無限に続くという無意識の前提にはもう、立たない思想のことである。「成長の限界」の論理とも異なり、世界の有限性を克服すべき危機だとみなし、これに対処するというのでもない。有限性を引き受ける。肯定する。とはいえ、『スモール・イズ・ビューティフル』ふうのエコロジーの考え方のように、無限性を排除し、世界が有限であることに応じ、人間の欲望をなだめ、平穏化するのでもない。人間の無限の可能性を追求しながら、その果てに有限性と出会い、有限な生と世界を肯定する、そうした新しい考え方に立つ思想なのだと思う。

考えてもみよう。

かつて私は、有限性とは無限性の前にあって、それを克服したところに無限性が現れるのだと思っていた。けれども事実はその逆であって、有限性という考えは、無限性という概念がなければ生まれてこないのである。

古代ギリシャの神話の世界の後にイオニアの哲学が生まれてくることが教えるのは、無限性の前にあったのは共同的な世界であり、これを支えているのは全体性ともいうべき概念だということだ。全体性という概念は、その向こう（外部）をもたない。だから、向こう側（外部）をもち、かつその先には行けないという限界の意識（有限性）が生まれるには、まずどこまでも広がる向こう側の意識（無限性）が、それに先だってあるのでなければならないのだ。

その「有限性を肯定する」力と思想のありかをめざし、ここまで考えをすすめ、明らかになったことが二つある。一つは、北の世界における有限性がこれまで外からやってくるものと解されがちであったのに対し、これが内からもくるものであることがはっきりとし、また、その原理が、生産とリスクのバランスの崩壊として、明示されたことである。これを私は、ウルリヒ・ベックのリスク社会論における「リスク」という考え方を評価し直すことで、手に入れた。そこから取り出されたのが、ポスト近代に代わる、リスク近代という考え方である。

もう一つえられたのは、そこから出てくる課題が、人間の自由の無限性を肯定するものでないと、よりよく生きるための課題にはつながらないだろうという、その先に来る洞察だ。これを私は、見田の現代社会論がとりあげる、ジョルジュ・バタイユの「不羈の道」をめぐる指摘から、教えられた。そして、この二つの考察から導かれたのが、右のリスク近代に対して置かれた、有限性の近代というより広義の概念だった。

さて、ここまでの考察は、議論をこの先進めていく上で、どのような手がかりを差しだしているだろうか。

一つここからやってくるのは、いまならシステムとフィードバック、あるいはサイバネティックスといった言葉で語られるだろう、これまでとは異質な新しい考え方の要素である。

有限性の近代という考え方は、そこから逆に無限性の近代という考え方を導く。そしていったん、無限性の近代とは何かと考えてみれば、これまで見てきた近代二分論のほぼすべてが、結局のところ、世界は無限に続くという思いを無意識のうちにひめた無限性の近代の論だったことが見えてくる。「ゆたかな社会」の論、ポストモダンの論だけではない。「成長の限界」の論も、この観点からは、有限性の兆候を自らの（無限に伸長する）システムに対する外部的な要素——克服・回避すべき危機——とみなしている点で、なお無限性の近代という考え方のうちにある一分肢だった。それは、無限性の信頼への代案（オルタナティブ）であるかに見えながら、そのじつ、何らかの手だてを講じなければ、その無限性の前提が崩れるゾという、無限性の側からの「警告」であり、補完策だった。無限性の近代が客船だとすれば、そこに付設された救命ボートにあたる、これを補う論だったのである。

同じことが、『スモール・イズ・ビューティフル』に代表されるエコロジーの論についてもいえる。そこでは反対に、世界は定常的な自然循環を基底とする生態系の部分を内部社会とし、無限に伸長する産業・市場の部分を外部とする。そしてそこでは、後者の産業、市場が、前者の生態系の安寧を脅かす無限増殖のガン細胞のようなものと見なされる。一見すると有限性が定常社会として肯定されているようだが、その実、そこでのシステムの安寧はいわば荒ぶる無限性を排除することによって得られた共同性ないし全体性の所産である。人間の無限性への希求を内奥にひめつつ有限性と向きあうことは注意深く回避されている。無限性はもっぱら産業と市場の暴力性に仮託される形で否定されているのである。

ところでこうしたことは、有限性の近代という考え方が、これまでとは全く異なる世界の理解の仕方に立つものであることを示唆している。どう従来の考え方——無限性の近代——と違うのかといえば、そこでは有限性と無限性が切り分けられていない。いまや有限性は無限性をはらむものでなければならず、また無限性も有限性を内在させるものと想定されている。そこで産業、市場と自然はもはや対立的にはとらえられず、人間の活動の所産、領域として共通する本質をもち、相互に作用しあうものと考えられている。産業、市場もまた、人間の活動の一環である以上、内在的に限界をもち、自然も、そこに人間的自然を含む以上、荒ぶる無限性を抱えるのである。

そこでは、産業や市場までを含んだ人間活動の全体が一つの生態系（システム）をなしている。従来型の産業、市場を排除した生態系（エコ・システム）が生態系なのではない。それを私はここでより広義の生の体系＝生態系、エコ・システムならぬビオ・システムと呼んでおこう。するとそこでは人間と自然、また、部分と全体の間の相互作用がダイナミズムの核心をなしている。

ここでシステムということが問題になる。そもそもシステムとは何か。そのもっとも簡明な定義は、私の見るところ、そこでは「全体が、部分の単純和以上の性質を持つ」（宮台真司、事典項目「システム論」『社会学事典』）こと、またそれが「外部」をもつことだろう。

これをもとに、システム論的にいえば、「成長の限界」の論がなお無限性の近代の一分肢だというのは、それがシステム分析の対象としての世界を、実は一個のシステムとしては見ていないからである。そこでは全体は北の人間の大多数が住む「産業社会」部分と外部の環境、資源、人口といった「地球の有限性」部分との単純和としてしか考えられていない。それでその単純和の結果としての「成長の限界」が読者に対し、警告されるのだが、そのシステム分析には、この「部分の合計」が、そこに生きる人間にどのような対応を促すか、生きることの意味をどのように変えるか、という「部分と全体」の相互作用が――その本質をなすものとして――組み入れられていない。しかし、その反応部分こそが「システム」の全体がもつ「部分の単純和以上の性質」の核心部分なのであって、そこまで考えなければ、それはそこに生きる人間の問題として提示されない。システム論的には十分でないのである。

マルクス主義では、資本制システムが生産（供給）の能力を高めていくと、やがて消費（需要）がそれに追いつかなくなり、恐慌という形でその需要と供給のバランスの崩壊が生じると主張してきた。そしてそれが資本制システム破綻の根拠とされた。しかし、世界の資本制システムは、当初こそ、マルクスの予言通りの経済恐慌に襲われたものの、その後は、それほどの恐慌に見舞われなくなる。その主な理由は、資本制システムが、マルクス主義の主張を取りいれ、公的事業の拡大など政府による積極的な介入ケインズ主義のような形で、この需要と供給のバランスの失調を回避、調整するようになったからである。現実の動きとマルクスの叡智とに学び、これを次の政策決定に取りいれ、フィードバックするようになったのだ。

しかし、教条的マルクス主義は、以後も、恐慌不可避論に立つ革命到来説をなかなか変えようとしなかった。システムでは部分と全体との間にこうした継起作用、調整作用が伴うのだが、それをうまく受け入れることができなかったのだ。

その主な理由は、マルクス主義では、下部構造（経済構造＝存在）が上部構造（意識）を規定するものとされていたからだろう。たしかに意識は存在によって規定される。しかし、その規定は、存在が意識に作用すると同時に意識も存在に作用し返す双方向性をもっている。それがフィードバックということだ。しかし教条的なマルクス主義思想は、存在による意識の規定のなかに、なお、意識の無限の自由が入っていること、そこに反作用の生じてきうることに気づかなかった。そのために、資本制システムは必ず破綻するとマルクス主義が予言し、その通りに経済恐慌が起こると、次には、資本制システムが、これを回避すべく、マルクスの予言をフィードバックし、みずからを修正していったのだが、これに対し、教条的なマルクス主義理論は、さらにこれをフィードバックし、自らをこの変化に対応させていく柔軟性を、もてなかったのである。

この例からわかるように、システムが分析対象をすべて網羅することによってもつ「部分の単純和以上の性質」とは、フィードバックとして継起的に現れる調整作用にほかならない。また、そこでの最後の「外部」の拠点とは、人間の意識、自由のもつ無限性なのである。

「ゆたかな社会」の論、「ポストモダン」の論、「成長の限界」の論、エコロジーの論、つまりここにいう「無限性の近代」の論におしなべて欠けているものが、この部分と全体の間の相互作用であり、それをもたらす、有限性と無限性の間のダイナミズムである。そこで無限性はあくまで無限に伸長することを疑われておらず、有限性は、そのなかに無限性をはらむダイナミズムとして組み込まれていない。その結果、内部ないし外部に振りわけられた無限性は、産業社会の無限性、技術革新の無限性、消費の無限性というように浅く限定的に、また一面的にしかとらえられない。外部に現れる有限性も、資源、環境というように外在的、一方向的にしかとらえられない。そのため、そのシステム分析ないし近代二分の論は、内部の無限性と外部の有限性、ないし内部の有限性と外部の無限性のうち数値化可能なもの、概念化可能なものをすべて取り込む一方で、あるいはその内部の無限性の様相をポスト近代的にとらえる一方で、そこに、この成長の限界、エコロジーの主張、無限消費の論を受けて、人々がどのように考え、どのように動き、どのように生きるかというフィードバックを、浅く、半面的にしかとらえられない。

フィードバックとは、一般には工学的な概念で、ある系の出力（結果）を入力（原因）側に戻す操作のことをさしている。簡単にいうと、結果にまずいことがあったばあい、これを繰り入れて次の実行にその情報を反映させるという機能、あるいは作用のことだ。この考え方を生んだもの——あるいはこの考え方を核心にすえて生まれてきたもの——がサイバネティックスにほかならない。サイバネティックスは、その考え方を作ったノーバート・ウィーナーの主著が『サイバネティックス——動物と機械における制御と通信（*Cybernetics: or Control and Communication in the Animal and the Machine*）』と題されているところからわかるように、広義の生命、自然、経済、産業、工学を含んだシステム学＝生態学上の後背地的な知を含み、またこうした知に支えられて二〇世紀前半に生まれた新しい考え方だが、その要諦は、ここにいうフィードバックの意義の発見にあるといってよい。

工学的にいえば、フィードバックとは部分と全体の二つの出入力のあいだにおける制御の作用である。去年はたくさん取れたキャベツを無制限に市場に出荷したら値崩れが起こった。それで今年は豊作の生産物の一部を廃棄処分にして出荷量を抑える、というのは——昨年の出力（結果）をもととして、農家が今年の入力を再調整する——フィードバックの一例である。そのフィードバックを可能にしているのが、キャベツ農家を営む人の「判断」、下部構造から自由に、しかし利潤追求の目的に沿って対応していくという規定を受けながら、この入力に対応していく、人間の内部の無限性の動き、知識であり、思考であり、計算の能力であり、また、歓びと楽しみを求める気持なのである。

先に見たイリイチとバタイユの道の分岐も、この無限性の近代の構えの狭さから生れてくることが、こう考えると、見えてくる。たとえばエコロジーの思想では、システムはエコ・システムつまり自然（地球の有限性）を基体とする生態系として捉えられている。そこで、物理的には内部にあるが構造としてはその外部をなしているのが、市場であり、産業であり、資本制システムである。でも、そこでの狭義のシステム（エコ・システムとしての生態系）は荒々しい無限性を内に蔵していない。それは静的なままに定常的な世界である点、無限性を通過していない。そのため、そこに住む人間の内的な欲望、希求、自由は、そこに生きられる過程で、その定常的な世界に合致できる部分と合致できない部分とに分けられる。抑制の効いた知的な配慮、工夫、叡智、能力追求といったものは人間の内部の無限性として許容されるが、際限のない欲望、自由で放恣な精神的な希求、快楽の追求といったものは、同じ内的な無限性としても歓迎されざるものとなる。それらは、エコロジー的な生態系システムのなかでは、寛容の精神によって抑制され、排除の憂き目にあわないまでも、積極的な位置を占めるということはない。そして、このふり分け作用が、こうした静的な無限性の近代の布置のなかで、人間の内面の無限性が、イリイチのいう「歓びに充ちた節制と解放する禁欲」の道とバタイユの「不羈の道」へと分離する理由となるのである。

しかし、産業も市場もまた、人間という生命体の活動である点、広義の自然に属している。私たちはむしろ、そういう自然史的な観点に踏みでるべきではないだろうか。そう考えてはじめて、この世界の考え方は、有限性の近代の範疇へと、移動することになるのではないだろうか。

すると、この考え方のうちに、フィードバックというあり方が位置を得る。先のリスク近代という考え方が、有限性の近代という考え方のとば口に立つ「成長の限界」の論からの一歩の踏みだしである意味も、はっきりとする。

そもそも、なぜリスク近代の到来がいわれるのだろうか。私があげたのは、次のような理由である。

産業の発展は当然、産業技術の大規模化、高度化、高速化をともなう。産業システムの存続の主たる原動力は、技術革新だが、革命的な技術革新は、一世紀に一度か二度しか起こらない。だとすれば、勢い、産業技術と施設の大規模化、高度化、高速化は不可避なものとなるだろう。そこに生じる産業事故も巨大過酷化せざるをえなくなる、そういう見通しが、ここに生まれてくる。

そして事実、これを裏打ちするように、一九六〇年代後半のイギリスの巨大タンカー原油漏れ事故あたりに端を発し、一九七〇年代後半のアメリカのスリーマイル島原発事故をへて、一九八〇年代に入ると、インドの化学工場爆発、北海の海洋油田事故など、環境を広範に汚染し、周辺住民に膨大な被害を及ぼす巨大過酷事故が続発してくる。一九八六年にはチェルノブイリ核事故が起こる。この趨勢が、二〇一一年の福島第一の原発災害で、保険契約を打ち切られるに及んで、とうとう世界の産業史から見て来るところまで来た、とみなすことができる。

つまり、その変化のもつ文明史的な意味を、産業社会における富の生産とリスクの生産のバランスの失調として取りだし、産業も人間的な自然と同様に限界をもつと指摘したことが、ベックのリスク近代という考え方の要諦だったのである。

しかし、この見通しは、これをこのように受けとるだけでは、不十分だということがここまでくると、わかる。というのも、もしここに述べたようなものだとすれば、この見通しは、いわば作用の往路を示しただけで、復路、その反作用を繰り込んだものとはなっていないからである。こうした「リスク」化の進行に対して、今度は産業システムの側がどう対応するか。そういう産業と技術の側のフィードバックが、考慮に入れられなければならない。そしてそれを組み入れたものが、システム論としていえば、有限性の近代の思想的な境位なのだ。

だとすれば、ここから出てくるのは、この、フィードバックということをどうこの考え方に繰り入れるのか、という課題だということになるだろう。

外部的な有限性が「地球の有限性」と呼ばれることを受けて、ここにある内発的な、産業と市場を含めた広義の生態系（ビオ・システム）のもつ有限性を「世界の有限性」と呼んでおこう。「成長の限界」がいわれ、環境の悪化と資源の限界が視野に入り、人口の爆発、食糧不足の深刻化が問題になった上で、さらに産業事故の激発、福島第一の原発事故と、いまや「世界の有限性」が誰の目にも明らかになってくる過程で——マルクス主義に対する資本制システムの側からのフィードバックとしてケインズ主義が登場してきたように——、有限性の近代の側から、この間、どのようなフィードバックが起こってくるのか。そのことに、ここから先、検討を加えなければならない。

見田の「軸の時代Ⅱ」という未来構想の仮説を手がかりに、私たちは、今後、世界の有限性を基本的な条件として生きるという考え方が、どのような世界の見方のもとに作られうるかの見取り図を手にしている。そしてそれは、これまでの世界を作りあげてきた根本思想と哲学が、世界の無限性を受けとめ、肯定することから作りだされたように、今度はこの同じ世界の差しだす有限性を、正面から受けとめ、肯定することから作られるだろうと示唆している。ではそれは、どのような考え方か。またあり方か。

その一つの手がかりが、フィードバックということである。

まず、「生産からリスクへ」というリスク近代への移行のなかで、このフィードバックは、どのように起こるのか。

また、このような動きは、何に支えられることになるのだろうか。

オーバーシュート

危機とその克服といういわば狭い文脈を離れ、人がその中で生活を営む社会という広い文脈に立って見れば、私たちの社会における有限性が、「成長の限界」の論理やエコロジーの思想にいう資源の枯渇、環境の破壊といった外部的なものに限られているわけではないことは、すぐにわかる。

たとえば柄谷行人は、『世界史の構造』のなかで、これらの考えに欠けているのは、産業と経済という「人間と人間」の関係世界だと述べ、こう書いている。

産業資本主義の成長は、つぎの三つの条件を前提としている。第一に、産業的体制の外に、「自然」が無尽蔵にあるという前提である。第二に、資本制経済の外に、「人間的自然」が無尽蔵にあるという前提である。第三に、技術革新が無限に進むという前提である。だが、この三つの条件は、一九九〇年以後、急速に失われている。(四二九頁)

ここで「人間的自然」というのは、資本制システムに労働者＝消費者を供給する外部の人的資源のことである。なぜ「自然」のほかに「人間的自然」と「技術革新」が加わるのか。柄谷によれば、産業資本における剰余価値は、資本家による労働者への労働強化などの生産過程から直接に生まれるというより、資本家と労働者＝消費者の間の流通過程から、相対的に生み出されてくる。そのシステムの成長には、システム外部からの永続的な「人間的自然」の供給が不可避である。またもう一つ、相対的剰余価値の産出のカギをなすのは、産業システム内部の「技術革新」なのだ。

それというのも、ここにえられる産業資本の剰余価値は、これに先立つ商人資本の剰余価値が遠距離貿易という空間的な価値体系の差異から得られたのに対し、「価値体系を時間的に差異化すること」、つまり時間的な差異から、もたらされるからだ。この時間的な差異は、労働者を働かせ、その労働者を今度は――「一粒で二度おいしい」キャラメルよろしく――消費者に仕立て、その消費者に、自分が「作ったものを買い戻」させる、その時間差から作られる。むろん、衣服を作りだす労働者が直接、自分の作った衣服を買い戻すのではない。衣服を作りだした労働者は、今度は消費者となって別の労働者が作りだしたたとえば精肉品を購入する。しかし、この流通過程を「総体として」見れば、ここで労働者は、次には消費者となることで、時間差を作りだし、自分の「作ったものを買い戻」している。

ではなぜその時間差から、利潤が生まれるのか。製品は必ず、作った時点よりは後の時点に購買されるが、その購買の時点には作った時点より技術が進んでいて、生産ラインではもっと効率的に、つまり安価にこれを作ることができるようになっている。資本制システムはこの時間差を利用し、「労働者に支払われた労働力の価値以上の価値」を製品に実現することで、相対的な剰余価値の可能性を生み出している。このシステムを稼働させ、日々の時間差を作りだすため、労働者＝消費者という「人間的自然」は、つねに備給されなければならず、「技術革新」もまた無限に進行しなければならないのである（『世界共和国へ』一四二頁）。

柄谷は、このうち、「技術革新」については、「根本的には、資本制経済は、技術革新―労働生産性の向上という『差異化』なしに存続することはでき」ないと、述べている（同前、一四七頁）。彼によれば、「人間と自然」の関係つまり自然（地球）の有限性の問題に注目する（エコロジーのような）論理は、しばしば「人間と人間」の関係つまり資本制システムの問題を「忘却させるイデオロギー」に帰着してしまう。「一般に、それは、工業社会批判、テクノロジ

―批判といった文明批判のかたちであらわれる」し、また「概ね、ロマン主義的な近代文明批判の型を踏襲している」。しかし、必要なことは、人間の問題を、「人間と自然」の関係として同時に、「人間と人間」の関係としても、さらにいえば、「資本と国家」の問題としても、考えてみることである（『世界史の構造』三〇六頁）。

さて、これらの条件が「一九九〇年以後、急速に失われている」というのは、柄谷の考えでは、ソ連の消滅とこれに続く世界一極化の動きのなかで、とりわけ中国とインドの勃興が著しいからである。というのも、

第一に、中国やインドの産業発展は大規模であるために、資源の払底、自然環境の破壊に帰結する。第二に、中国とインドには世界の農業人口の過半数が存在した。それがなくなることは、新たなプロレタリア＝消費者をもたらす源泉がなくなるということだ。以上二つの事態は、グローバルな資本の自己増殖を不可能とする。（同前、四三〇頁）

ここに見られるように、彼の説明では、第三の「技術革新」の無限進行の前提条件が「失われ」る理由は、明示的に、あげられない。他の個所でも、その理由は「現在、これはほぼ頂点に達している」と現状を述べられるにとどまっている（同前、三〇五頁）。そこが彼の論の弱いところでもあるのだが、しかし、それを私たちは、これまで考えてきたところにしたがって、「一九九〇年以後」、リスクの生産が富の生産とのバランスを失し、産業システムのセイフティ

ネットの限界にぶつかり、これを破るだけの過酷性、脱近代性をもつようになったからだと、柄谷の空白を補うかたちで、述べておくことができる。

ところで、ここで問題になるのは、むしろ次のことである。そして限界に達した後、技術革新はどうなるのか。限界にぶつかるとは、何か。

というのも、柄谷がかなり野放図に想定しているように、たとえこれらの成長の前提条件が失われたからといって、つまり、地球の有限性と世界の有限性が限界に達したからといって、ただちに、産業資本主義が立ちゆかなくなり、「資本と国家にとって」「致命的な事態」がやってくるわけではないからだ。また「国家による暴力的な占有・強奪にもとづく世界に退行」し、「戦争」の危機が迫る（同前、四三〇頁）わけではないからである。

では、限界に達した後、何が起こるのだろうか。

先に『成長の限界』第二版が提示した用語を借りれば、最初にやってくるのは、「オーバーシュート」という事態である。

この新しい概念は、一九九二年刊の『成長の限界』第二版の冒頭に現れる。『限界を超えて（*Beyond the Limits*）』というタイトルを冠したこの本の第一章が、「オーバーシュート（overshoot）」と題されているのである。

このことは、この言葉によって、著者らが何か限界を超えたあとに起こる新しい事態をいいあてたいと考えていたらしきことを、私たちに示唆している。

しかし、そうだとすれば、そこでのこの語の説明は、決定的に不十分だとしなければならない。それは日本語訳では「行き過ぎ」と訳されている。でも、著者らがいおうとしてうまくいえないでいるのは、弾丸が弾力あるゴムの膜を貫通して向こう側に飛んでいくといった、ふつうこの語が含意している「行き過ぎ」という事態なのではない。そうではなく、弾力あるゴムの膜を貫通できないために、これを引き延ばしてずるずると「のれんに腕押し」的に突き進んでいく、もう一つの事態のほうが、ここにいう「オーバーシュート」という事態の意味なのである。

本文には、

オーバーシュート（行き過ぎ）とは、意図せずうっかりと限界を超えてしまうことである。（中略）凍結した路上を走る車が、スリップして停止線を越えてしまったり、がつがつ飲み食いしすぎて、もうやめろというはっきりした合図を身体が送ったときには手遅れになっているというのも、行き過ぎの例である。（二頁）

とあるが、これでは意味をなさない。ついで、

行き過ぎた後には（中略）さまざまな現象が生じうる。その一つは言うまでもなく、ある種の破壊である。もう一つの可能性は、意図的な方向転換、過ちの訂正、慎重な減速である。（三頁）

と続けられるが、前段ではなくこの後段の引用のうちの、さらに前者ではなく後者部分が、オーバーシュートのここでの意味としてありうべき正しい定義に近い。つまり、ここで著者たちがいいたいのは、単に限界を行き過ぎたというよりは、限界を行き過ぎてもまだ生きている、そのことの意味は何か、ということだからだ。「限界超過」ではなく、「限界超過生存」、「閾値超過生存」ともいうべき事態が、ここでのオーバーシュートの正しい定義なのである。

　そこでは、限界超過による「ある種の破壊」がいよいよ進行する一方で、これをフィードバックする「意図的な方向転換、過ちの訂正、慎重な減速」が同時に、起こりはじめている。つまり、限界にぶつかり、限界を超えると起こるのは、「限界超過生存《オーバーシュート》（overshoot）」という新しい事態であり、するとはじまるのが、リスクの顕在化とそれへのフィードバックなのである。

　限界にぶつかると、フィードバックが恒常的となる。それが、当初設定されていた「成長の限界」の閾値を突破しても、まだ地球が壊れていないということ、地球は壊れていないが、そのことは、世界の条件がそれまでと変わらないというわけではないという指摘の中身なのだ。それが、技術革新が限界にぶつかることで、新たに加わる条件、ひいては、時代が近代からリスク近代へ、さらに有限性の近代へと移行するということの意味なのである。

　技術革新は、限界にぶつかると、なお破綻せず、次には息も絶え絶えに、フィードバックの抵抗を受けつつ、かつかつで生きはじめる、あるいは別様の生を生きはじめる。そしてそういうことが、限界を超え、オーバーシュートの時期に入った一九八〇年代半ばから——私たちがそのように意識しようとしまいとそのことにはお構いなく——、産業と技術の内奥で、はじまるのである。

しかし、この先を考えるのには、いくつかの迂回が必要だ。

なぜ、「リスク」の高度化は、技術革新の無限進行性の前提を「失わせる」ことになるのか。そういうことをいうのに、もうしばらく、技術、自然、産業の外延を見ておかなければならない。

技術と力能

技術とは、人間の無限性の本質にとって、何を意味するのだろうか。

ふつうに考えれば、人間の無限性をもっとも端的に示しているのは、自由への希求の無限性である。私たちが「無限」というとき、それは、私たちの自由に対する、可能性に対する、あるいは真理に向けた、追求、探求、欲求、欲望の無限性をさしている。しかし、その無限性も、実をいえばどうも、単独で存在しているのではないらしい。

自然科学的な真理の探究は、ふつう、初原的な科学者たちの自由探究の一環とみなされている。そしてこれに対し、技術は、そこで発見された真理の現実への応用といった二義的存在と考えられてきた。しかし一九五三年の「技術への問い」と題する講演で、ハイデッガーは、その関係は、逆なのではないか、と述べている。その講演の趣旨を、翻訳者の中山元はあるブログで、こう解説している。

しかしハイデガーは技術というものを、たんに科学的な知識に基づいて、人間が世界を自分のために作り替えていくことという意味では解釈しない。それは二つの意味においてである。一つは、人間が自然科学という「真理」を開拓してゆこうとしたのは、技術的な必要性に基づいていたからではないかと考えるからである。「自然科学が技術の基礎なのではなく、現代技術のほうが現代科学を支える根本動向なのである」(p.166)。技術が道具的な目的として科学にしたがうのではなく、科学が技術の目的の「はしため」であるかもしれないのだ。

もう一つは、人間の欲望にしたがうものは、科学ではなく技術だということである。ハイデガーは人間の欲望はそもそも抑えることができない性質のものであることを指摘する。「人間は不可能なものを意志するからだ。「蜜蜂の一群は彼らにとって〈可能なもの〉のうちに住んでいる」」。ただ人間の意志だけが、こうした〈可能なもの〉の領域に安住していることを拒むのである。(ウェブ「KINOKUNIYA 書評空間 BOOKLOG」中山元「『技術への問い』M・ハイデッガー(平凡社)」２０１０年4月19日、http://booklog.kinokuniya.co.jp/

nakayama/archives/2010/04/post_73.html）

中山がいうのは、たとえばハイデッガーの次のような発言が述べていることである。

いま言われたことによって容易に思いつくのは、近代的自然科学、つまり計算可能な対象性にもとづいて自然を観察し記述するというしかたで立てるということは、現代技術の一変種かもしれない、という考えである。そうすると、自然科学と技術との関係に関する通俗的観念は逆転されねばならないだろう。すなわち、自然科学が技術の基礎なのではなく、現代技術のほうが現代科学を支える根本動向なのである、と。（『技術への問い』関口浩訳、一六六頁、傍点引用者）

また、

大地の目立たない掟は、〈可能なもの〉という、それぞれに割り当てられた圏域のうちに（中略）大地を守っている。この〈可能なもの〉にはすべてのものがしたがうが、しかしなにものもそれを知らない。シラカバはそれの〈可能なもの〉をけっして超えることはない。蜜蜂の一群は彼らにとって〈可能なもの〉のうちに住んでいる。はじめて意志が、全面的に技術のうちに整備されて、大地を力ずくで疲弊させ、濫用しつくし、人工のものに変えてしまうのである。技術は大地を、それにとって〈可能なもの〉という元来の圏域を超えて、もはや〈可能なもの〉ではなく、したがって〈不可能なもの〉であるようなものへと強いる。（同前、一四五～一四六頁）

ここでハイデッガーがいっているのは、自由への欲求、真理の追究といった人間の無限性は、それだけで先験的に存在しているのではない、ということである。それは一つには、自然への働きかけ、自然からの働きかけの受容として、自然（大地）との関係のうちに存在している。しかし、人間のばあい、その関係はほかの存在、動植物におけるように安定していない。なぜなら、ほかの動植物は自然との関係において自分に「可能なもの」の圏域に安らっているが、人間ばかりは、そこを踏みだし、無限に不可能なものを欲するからである。

ところでそこでの不可能なものへの働きかけかたには二つの仕方がある。自然を無理矢理引っ立てて自分の用件に役立たせる追求の仕方――「立たせる」仕方――と、自然に働きかけおだやかに伏蔵された本領を発揮させる仕方――「生み出しつつ」開蔵する仕方――である。芸術は、自然に対し謙虚に向きあいつつそこから本領を受けとる後者の仕方を代表する。その一方、技術は、自然に「起立」を命じて自然を対象化する前者の代表である。だとすれば、近現代の自然科学の自然との対し方、自然への観察の仕方、研究の仕方は、この技術における自然との対し方を生み出したというよりは、逆に技術から生み出されたのだといったほうがよい。そして、このような技術の本質の淵源にあるのは、人間の「不可能なもの」への欲求のもとでの自然とのかかわりなのである。

さて、このハイデッガーの技術観は、人間の無限への欲求が自然との関わりのうちにかたちを取るものであること、そこに技術が――不可能を可能にする――「力能」（「できる」力）として現れてくることを私たちに示唆している。芸術もそのような意味では自然に働きかける力だが、技術はさらにそれに加えて、自然を「起立」させ、引っ立てる、人間の欲望との間に密接な連関をもつ「力能」なのである。

ところで、人間の無限の「自由」への希求（したい）が、ほんらい、「力能」（できる）との密接な連関のうちに存在するものであることについて、竹田青嗣は、こう書いている。

> 近代の市民社会は、身分制度を解体し、普遍交換の社会システムを確立し、人民主権の政治権力を創設することで、各人の自由を解放するが、「このことは、ただちに人間の『自由』の本質の実現ではありえない」。それは、人間の自由の本質が、真の意味で展開されていくための、「はじめの前提であり基礎なの」にすぎないからだ。ではこの先、自由の展開はどのように進むだろうか。
>
> いまヘーゲル的な術語から離れて「自由」の概念の本質観取を行なってみます。まず「自由」の感覚にしぼって考察すると、さしあたりそれを、「欲求（＝欲望）」と「自分の能力（＝能う）」のあいだに生じる、制限と努力と可能性との相関的意識と定義できます。いいかえれば、「自由の意識」は、「目的」と「能力（できる）」の関係の中で生じる

可能性と内的な創発性の感覚です。

動物における欲求（欲望）とその対象の関係は一義的かつ固定的です。動物はそもそも自分が捕獲できるものしか欲求せず、その条件も自然によって限定されています。しかし、人間では、欲望の対象も、これを実現する身体的能力も、まったく固定的ではない。はじめに見たように、人間の欲望は、他者との関係の中で、つまり「普遍的承認ゲーム」の中で無限に作り出されてゆくものであり、自分自身がまたさまざまな「能力」を開発してゆく「可能性の身体」をもちます。このため、人間における「欲望の対象（目標）」と「可能性（能力）」との関係は、まさしく一種〝無限な〟関係として現われます。人間の欲望と身体が「幻想的」な本質をもつとはそういうことです。（『近代哲学再考』一二七〜一二八頁、傍点引用者）

竹田の考えを引けば、自由は、人間の欲望（＝したい）と能力（＝できる）のあいだに生じる「制限と努力と可能性との相関的意識」であり、「可能性と内的な創発性の感覚」である。

ここで竹田は、欲望の無限性の根拠を「他者との関係」すなわち彼のいう「普遍的承認ゲーム」の中での昂進に求めているが、同じことを、人間と自然の関係における真理の無限追求、また産業資本主義の存立のための無限の自己差異化の欲求についてもいえるだろう。真理の無限追求も、言語ゲームの観点からいえば「普遍的承認ゲーム」の一つだろうし（それで学界というものが成立している）、産業資本主義における自己差異化＝技術革新も、そういうなら

「利潤獲得ゲーム」の一つだからである（それで市場というものが成立している）。ここから導くことができるのは、自由の感覚とは、「したい」と「できる」の間の相関的な意識――「制限と努力と可能性との相関的意識」、かつ「可能性と内的な創発性の感覚」であるようなもの――だということである。

人はあらかじめ可能なことを夢見はしない（現在の日本社会で明日、バナナが食べたいと渇望し、夢見る人はまず、いない）。また、必要も欲望もあてもなく、不可能なことをめざすこともない（たとえば犬になろうという人はまず、いない）。人は、ある困難が目の前に現れたとき、何とかそれを乗り越えようと意欲し、欲望し、その達成を夢見る。また、いまは可能ではないけれど、けっして未来永劫不可能だというわけでもないことに対しては、欲望し、意欲し、これをあきらめまいとする。そこに欲望と意欲の無限性がある。それは目に見えないけれども可能性と結びつくことで欲望として成立している。そこでの可能性と欲望の関係は、有限なものと無限なものの相関である。

自由とは、その不可能だと思われたことが、実現し、可能になったとき、人の手にする感覚だというのが竹田の考えである。彼によれば、自由とは無限なるものに駆動されて人が努力し、「力能」を獲得し、ある有限なる臨界を克服したときに生まれる、その制限からの自由であり、またその自由からえられる無限の力能の感覚なのだ。

いわば技術は欲望の前に「力能」として現れることで、ハイデッガーのいう人間と自然とのあるべき関係を壊すのだが、そうしつつ他方で、竹田のいう人間の自由の無限性をささえもしている。こう考えてくれば、現代の社会において、人間の自由の無限性にとって産業の意味するところがこの「力能」に存することがわかるし、産業の無限の夢の核心である技術革新の意味も、この「力能」の追求にあることが、見えてくる。

「リスク」との相関で、その近代的な一対一対応の破綻を通じて、内的な臨界に達したものを、これまで私たちは、富の生産とか産業の無限性とか技術革新の無限進行性と呼んできたのだが、その根源にあったのは、「力能」、つまり〝できること〟の無限進行性だったのである。

しかし、力能とは何なのだろうか。

7　自然史的な過程とビオ・システム

吉本隆明と自然史的な過程

ハイデッガーの考えにそっていうと、技術は、動植物と自然との「安らう」おだやかな共存関係のなかには、存在していない。技術は、そこに一人、「本能の壊れた」人間という存在が投げ込まれ、可能なことの「分」を超えて不可能なことをめざすと、その超越の過程に現れてくる。それは、人間と自然のかかわりのうち、相手を「起立」させ、「引っ立て」る、特異な働きかけの力能である。

けれども、技術をこのように否定的にだけ考えてしまうと、竹田青嗣が述べているように、この「力能」としての技術が人間の自由において果たしている役割の両義的な意味が取りだせなくなる。「自由」とは人間が自然との安らう関係を内から壊し、また追放されて「引っ立て」る関係に入ることと裏腹に人間のもとにやってくる、孤絶と万能、有限と無限の両義的化合物だからである。「力能」としての技術には、人間に対して、自然を有限性として提示する側面と、その有限性を超えて自由を獲得させる側面という二つの意味があるが、先に見た分類でいえばやはり無限性の近代の枠組みに立つハイデッガーの技術論、自然論では、その両義性は取りだせない。エコロジーの思想に立つとおだやかなイリイチの道とバタイユの「不羈の道」が分岐するように、ハイデッガーの思想でも自然への働きかけは「生みだしつつ」開蔵する（おだやかな）芸術の仕方と「立たせて」徴用する（荒々しい）技術の仕方に分岐する。有限性の近代に立つ技術論を構想しようとすれば、たとえば次に述べる吉本隆明の自然史過程の論のような、これとは別種の自然論、技術論が必要となるのである。

自然史的な過程とよばれる吉本がマルクスから取りだす自然論＝人間論＝技術論は、人間の自然とのかかわりを、相互作用のうちにとらえる。ハイデッガーでは、人間と自然の関係は、死すべき人間と永続する天空と大地というように対向ないし対立するのだが、吉本の人間と自然の関係は、相互的で、人間は自然を人間化し、かつそのことの反作用によって、その活動を通じて自分自身が自然の一環へと組み入れられるという。特異なことは、この一見、原初的な自然観＝人間観ともいうべきものを、吉本が文化的な文脈で前近代的ないし古代的なアジア的、アフリカ的古層から取りだしてきているのではなく、マルクスの自然哲学の唯物論的な展開のうちから取りだしてきていることである。

吉本の考え方をここにもちだすのは、そういうわけで、何より、技術と技術革新を含む人間